頂樓天台的6堂人生早課

曹文——著

致

世尊悉達多

前言

我們究竟是過著自己想要的生活？還是他人期待的？

生老病死的必然現象，我們看似都懂，但是又有幾人真的能夠把握活著的每一刻，竭盡全力在這個難得的生命體中找到最終的真實意義，而不單是為了工作或滿足各種短暫即逝的欲望？

本書以思惟辯證的方式，探討人生必經的生老病死等現象，以挑戰社會公認的既有觀念，不斷提供不同的思考角度，畢竟在久遠之前，早已有位大智者為眾生解惑，只是無緣且無明的我們，或未能有緣接觸，或遲遲未能究竟其意。

娑婆世界、動盪不安的末法時代，或許只有靜下心，隔絕外界的紛擾，真實且清淨之真如原貌就能浮現。

Contents

序分

「死亡不會是句點」

「三月，萬物復甦，是個適合自殺的時節。如此才能反諷我的荒謬人生。」

夏文站在大廈的屋頂，一頭亂髮隨著一陣陣的疾風亂舞，此刻的心似乎還是無法平靜下來，腦中不斷閃過各種自殺後的情景，同時也試圖為這樣的行為尋找正當的理由。

其中最讓夏文糾結的一個問題：掉落到地面的身體是否會砸到路人？「萬一因此害對方喪命，該是多大的罪惡啊！」

夏文探頭往下方街道查看，對於這個舉動，夏文察覺自己的可笑。都已經是將死之人，還管別人做甚麼？他無奈地苦笑，同時皺起眉頭，「但我只想自殺，並不想傷害他人性命啊！」另一個聲音也同時在腦中劃過。

人在臨死前，都還放不下紛亂的念頭嗎？還是面對這樣的時刻，腦中反而會出現更多的猶豫與掙扎？

夏文原以為自己的心意已決，之前還多次上樓探勘此地，就是希望可以事前做足準備，沒想到最後站在此處，竟無法專注在自己的死亡，莫名其妙地擔心起別人來。

「這該死的人生！」夏文在心中大罵。

「你想幹嘛？」忽然有個聲音在他身後大喊。

夏文一回頭，看見一個老先生，幾乎全禿的光頭，臉上也沒有任何的鬍鬚，雖是耆老的樣貌，卻有飽滿的額頭以及一臉光滑的肌膚。

「甚麼？」夏文嚇了一跳，心虛地看著對方，像是當場被抓的小偷。

「自私的小人！」老先生不分青紅皂白開口就罵。

「你說甚麼？幹嘛亂罵人！」夏文的情緒跟著上來。

「你難道不是要跳樓嗎？」老先生理直氣壯地說。

夏文頓時羞紅了臉，有點惱羞成怒，「關你屁事啊！」

「怎麼不關我的事！你在我家頂樓自殺，我這裡的房價立刻就會下跌！怎麼不關我的事！」老先生瞪大雙眼。

夏文完全沒有想過這個問題，這意味著，他自己樓下的房子也會受到影響，原本還以為那房子至少可以讓母親養老。

「你因為一時想不開，卻害我們整棟樓的人全部遭殃，難道不是自私嗎？我有說錯嗎？」

老先生繼續得理不饒人地說。

夏文自知理虧，卻失去理智大喊，「我管不了那麼多了！」

「連死都要害別人！就是個自私的小人！」老先生繼續罵！

「我不是小人！我才不自私！」夏文不甘心地回嗆。

「要死就去別的地方死，別在這裡害我們。」老先生揮著手，像是驅趕路邊的野狗一樣。

「我就是要在這裡死！你管我！」夏文氣到大喊。

「好啊！」老先生忽然冷靜下來。「如果你答應我一個條件，我就讓你在這裡死。」

夏文愣住，理智還沒恢復過來，直覺地回應，「甚麼條件？」

「畢竟你這麼一跳，可是會影響我家的房價。為了公平起見，你要先幫我完成一件事，就當作是彌補我的損失，從此後我們就兩不相欠。」老先生緩緩地說。

夏文心裡雖然覺得莫名其妙，卻又覺得對方說得也有道理。心不甘情不願地說，「幫甚麼忙？」

老先生轉頭用手指著他身後數十座大型的空花盆，「幫我種花。我打算在這裡種各式各樣的花果植物。如果有你當幫手，每天早上花一個半小時左右，預計只要六個早上就可以完工。」

「我……，」夏文原本想說，我為何要幫你的忙，後來想到對方提到房價下跌的問題，自知理虧，又一心求死，只好改口說，「為何不乾脆花一整天做完就算了？」

「首先，我白天要上班，只有清晨五點有空檔可以做。其次，我年紀大了，一兩小時就夠累人了，撐不了一整天！」老先生語氣和緩地說。

「那我還得等六天！」夏文忍不住抱怨。

「只差六天而已。自殺有甚麼好趕的？你是在比賽喔？」老先生斜著眼看他。

夏文語塞，卻滿心不悅。一想到還要多撐六天面對這個痛苦的世界，就覺得煎熬。

「反正，死亡不會是句點。不用急。」老先生輕鬆地說。

「你又知道了！」夏文的語氣充滿不屑。

「那你知道嗎？」老先生反問。

夏文再次語塞，「反正人死了，就甚麼都不重要了。」

「是嗎？」老先生故意以挑釁的語氣追問，「那是一個未知的世界，就像黑洞一樣，目前無人敢斬釘截鐵地說吧！就算有人敢說，苦於無法證明，或者就算證明了，大多人也都還是選擇不相信。諸如很多有關前生記憶的故事等等，有人相信，有人不相信。所以，未知不代表沒有，只是代表自己目前的能力無法理解而已。」

「我才不管那些迷信的人怎麼說，我知道人死了就甚麼都沒有了。」夏文堅持。

「你小學的時候，就知道你長大後會自殺嗎？」老先生忽然問了一個奇怪的問題。

「當然不知道啊！誰會知道未來的事情？」夏文覺得這真是個蠢問題。

「那就對了！死亡也是未來的事情，你怎能確定甚麼都沒有了。」老先生微笑地說。

「不一樣！」夏文大聲起來。

「哪裡不一樣？」老先生的語氣不像是問題。

「一個是生，一個是死，兩者本來就是對立的概念，怎麼可能一樣。算了，我不需要與你辯論這種玄學，隨便你怎麼想。」夏文愈來愈心煩。一想到自己想死都死不了，竟然還在這裡浪費時間與一個老人討論這種話題。

「生死不但是對立，也是互相依存。沒有生，哪來死？所以，沒有死，哪來生喔！」老先生自顧自地說下去。

「這樣的邏輯對嗎？有生，自然會死。但是，誰說有死，就一定會有生？」夏文忍不住回話。

「怎麼不對？你沒看到冬去春來嗎？植物的樹葉落盡後，隔年還是會重新萌芽啊！」

「還是不一樣……」夏文原本想再多說，卻發現自己又開始陷入這樣的對話。「算了，隨便你。」

「沒話說了嗎？就跟你的人生一樣？」老先生故意出言相激。

「不一樣！」夏文雖然這樣說，心中卻隱隱作痛。是啊，或許就像我的人生吧，我已經無話可說，沒有力氣反駁。夏文心想。

「又不一樣。你這麼多不一樣，有仔細用心去發覺這人生有甚麼是一樣的地方嗎？」老先生搔著頭說。

「當然有！」夏文不服氣。

「譬如說呢？」老先生語氣中充滿懷疑。

「例如生老病死啊！大家都一樣！」夏文隨口說出。

「太棒了！原來你也是聰明人啊！」老先生開心地說。

「拜託，大家都知道吧！」夏文覺得老先生在嘲笑他。

「不見得！有些人知道，卻不懂。你呢？是知道？還是真懂？」老先生歪著頭看他。

「知道卻不懂？甚麼意思？」夏文喃喃地說。

「知道，就像是將別人發現的道理或事實，囫圇吞棗地吸收了，就像是電腦裡存檔一樣，雖然放在記憶中了，但是卻沒有用心去思考，將別人的想法盲目地認為是真理；所謂真懂，卻是在吸收他人的知識之後，要經過自己的思惟辯證後得到的答案，徹底地從心中認同，並加以實踐奉行。」老先生語氣和緩。

「喔。」夏文有點汗顏，卻又不想認輸，「我當然是懂了。才不是知道而已。」

「太棒了！所以我說你是聰明人啊！你就像是鄰國一位太子年輕時的樣子喔！」

「甚麼太子？」夏文皺著眉頭，覺得這個老先生實在太怪了。都甚麼年代了，哪還有甚麼太子啊？難道他是指日本的皇太子嗎？夏文心中閃過這個念頭。為何自己沒有看過這樣的新聞？這麼無聊的新聞竟然也會知道，這位老先生真是怪人，夏文在心中快速做出結論。

「就是悉達多太子，全世界最知名的人物之一啊！」老先生笑著說。

「誰啊？沒聽過。」夏文淡淡地說。怎麼可能是全世界最知名的太子？一點印象都沒有。難道最近有甚麼驚人的皇室消息嗎？他因為每天想著自殺的事情，所以錯過了嗎？難道這個皇太子也自殺了嗎？所以變成頭條新聞？

「沒聽過？天啊！年輕人，看來你還有很多事情要學喔！」老先生感嘆地說。

「就只是沒有聽過一個自殺的皇太子而已，有甚麼好大驚小怪！」夏文不屑地說。

「誰說他自殺了！相反地，他拯救了眾生！」

「拯救眾生？」夏文愈聽愈糊塗了，「胡說八道甚麼啊！而且這跟生老病死有甚麼關係啊？」

「當然有關係啊！悉達多太子當年也是因為開始思考生老病死這些人生的必然現象，才走向一個不平凡的人生，最後還留給世人無上的大智慧。」老先生解釋著。

「你該不是在編故事吧？」夏文驚覺，懷疑起這個老先生。

「我才沒有亂編！你如果不相信，等下回去可以自己去查。你們現在的年輕人，不是很容易就可以查到各種資訊嗎？你只要上網一查，就知道我沒有騙你！」

「我會查，你放心。」夏文不甘示弱，認定這個老先生一定在騙他。

「悉達多太子就是因為聽到別人跟他說，生老病死是人生的必然現象，他因為不想輕易就相信，所以決定自己去探索，唯有經過自己的思惟辯證，最後才能找到真理，也才可以確認，並說自己懂了。」老先生繼續回到原話題。

「這樣的道理還需要驗證嗎？」夏文不敢置信。

「愈是大家認為理所當然的真理，就愈有可能是錯誤的事實喔！就像曾經有很長的一段時間，人類都不相信地球是圓的。直到有人願意去探究，最後才能找出真相！」老先生一邊點頭一邊說，「所以千萬不要輕易相信這個世界上普遍公認的答案，除非你自己花時間去驗證過，愈能夠勇敢挑戰世人公認的事實，就愈能夠突破常人的盲點，也就愈能接近真理！就像愛因斯坦挑戰牛頓之類的。」

夏文一聽到這裡，開始覺得這個老先生有點不簡單，看來不能小看他才是。「話是沒錯。可是，就算真的懂得生老病死是人生常理，又有甚麼用處？」

「用處可多了！」老先生開心地說，「所以我才說，不要聽到甚麼就相信，要仔細去思惟，唯有真正理解，才能發現道理背後的意涵。你剛才不是說你是懂得，並非知道嗎？」

「喔。」夏文發現自己像是無知的小孩，難道連這麼簡單的道理，竟然都不明白嗎？

「我相信你是懂得。你只是一時被其他多餘的念頭矇蔽了。」老先生和藹地看他。

「是嗎？」聽到老先生這麼說，夏文反而沒了原有的自信。

「是的！這也是悉達多太子告訴我們的喔！」老先生笑了。

「看來我要好好研究一下這個人了，看看他究竟是誰。」夏文有點認輸的感覺。

「他的確很值得我們所有人效法！不過，我也要提醒你，當你在找尋有關他的資訊時，不要隨便相信你看到或聽到任何人對他的評論，甚至是自己心中既有的偏見，尤其是根深蒂固存在你腦中的印象，記得，要自己去思惟辯證過，否則你有可能陷入別人或自己錯誤的引導。」

老先生轉身去摘下一朵花。

「我可以理解『別人錯誤的引導』這句話，但是，連自己也會欺騙自己嗎？」夏文不自覺地跟在老先生身後。

「是啊！我們自己才是欺騙自己的高手喔！」老先生拿著花在鼻子前深吸了一口氣。然後將花交給夏文。

「我們怎麼可能欺騙自己？」夏文一邊接過花一邊提問。

「你覺得這花好看嗎？」老先生問。

「好看。」夏文不假思索地回答。

「香嗎？」老先生接著問。

「香。」夏文依舊立刻回答。他只想趕快回到剛才的話題。

「你看，你現在就是在欺騙自己啊！」老先生笑著說。

「哪有？」夏文一頭霧水，看著手裡的花。

「你連聞都沒聞，就說這花是香的。你是從何得知的呢？」

「這花看起來就是香的啊！」夏文理所當然地說。

「這就是所謂的既定印象喔！我們人類在感知這世間萬物時，腦中都會快速地經過幾個階段，首先是我們的五官或身體與物體相互接觸的過程，例如你的眼睛看見這個東西了，或是手碰到這個東西等等，這是第一個階段；接著是以過去腦中的知識做出名義上的判斷，這個物品是花，作出世間公認的定義，也可以說是你從小到大被教育的知識，這是第二個階段；最後，你腦中立刻又會跳出喜好等價值判斷，例如美醜、香臭、喜歡或討厭等等，甚至有時候還會出現貴或便宜的物質價值評量等，這就是第三階段。這三個階段基本上是非常快速地從腦中閃過，很多人甚至無法察覺，因為太習以為常了，所以根本忘了。這些過程，其實就是自己以既有的印象或記憶，來提供自己所謂的認知能力，但是卻也因此常常陷入固定的模式而不自知，也就是我們所謂的偏見。但是很多人卻經常忽略自己內心這個區塊，習慣性地與自己的偏見相處，久而久之將偏見誤解成為真理。所以我才說，自己才是欺騙自己的高手。就像你現在看到花，立刻說出美麗，還認為它是香的一樣，都是未經思考，直接以過往的印象所做出的判斷。至於這三個階段的名稱，我就不多加解釋，當你查詢悉達多太子的相關訊息，或許就會發現他曾經解釋過同樣的事。」

「我們過往的印象有可能都是偏見？難到每件事都要重新思惟辯證嗎？」夏文覺得荒謬。事實就是事實，這就是所謂的知識啊！根本不可能親自去研究世間萬物的所有道理吧！

「大腦是用來思考，不是用來儲存記憶！」老先生微笑。

「就算親自思惟驗證過了，也有可能發現同樣的答案而已！」夏文覺得多此一舉。

「你聞聞看。」老先生指著夏文手上的花。

夏文將花拿近，深吸了一口氣。「好香。」

「還有嗎？」

「很清雅的香味，淡淡的，讓人覺得很舒服。」夏文頓時覺得心情好了許多。

老先生點著頭說，「這就是不同之處。你原本知道這花是香的，那只是既定的印象。等你親自聞過，你就跑出更多的想法。或許與你既定的印象沒有太大的不同，但是我相信，你此刻的答案一定與你原本心中想得不一樣。這才是重點。重點不在找尋大家公認的答案，而是親自體驗，真正享受活著的每個時刻。」

「即使如此，我又怎麼知道，我親自體驗過的想法，不會是另外一個根深蒂固的偏見呢？我會不會只是以一個偏見去證實原有的偏見而已呢？」夏文不能認同。

「太棒了！正是如此！你果然很像悉達多太子年輕時的模樣喔！」老先生開心地說。「就是要不斷反覆地思惟辯證，才有可能找到最終的真理！」

「最終的真理？你確定有嗎？」夏文挑釁地問。

「我不確定。或許有天你可以告訴我。」老先生依舊微笑。

最終的真理？究竟是甚麼呢？夏文陷入苦思。

等夏文回過神，想要繼續挑戰老先生時，他卻發現老先生早就離開了。「要走也不打聲招呼，真是沒禮貌！」夏文喃喃自語，「等我查完資料，明天再來挑戰你！看你有多厲害！」當這個想法閃過時，夏文忽然想起原本輕生的念頭，無奈一笑，「有甚麼好爭的，人都要死了，還跟一個老先生計較幹嘛！就當作是生前最後的行善吧，幫他種完這些植物，也算是兩不相欠了！」

夏文抬頭看了一眼天空，夕陽昏暗的天空中烏雲遍佈，人生不正是如此嗎？豈會有無雲的時刻呢？夏文求死的心再次出現，「再等六天就好。」夏文安慰自己，緩步下樓。「誰是悉達多？」夏文腦中閃過剛才的對話，看來等下如果有空，一定要好好查查。夏文心想。

再次推門回到家中，夏文有種千頭萬緒的感覺。原本以為再也不會走進這個家了，早先關上門離開前，還將整間屋子仔細環視了一遍，像是做足道別後才依依不捨離開。如今重新踏進家中，像是久別重逢，竟有種莫名的感動，不過幾乎就在同時，原有的痛苦與壓力也接踵而來，歡愉的假象終究抵擋不住排山倒海的壓力。夏文無力地將門帶上。

「我回來了。」夏文對著他母親的房間輕喊。

「回來了啊！去哪裡了？」他的母親從房間內回應。

「沒有。隨便走走。」夏文立刻覺得心煩。每天回來都要回答同樣的問題，難道我就不能有自己的人生嗎？你有問過我那些兄弟姊妹們去哪裡嗎？我這麼大了還要被你當成小孩嗎？工作已經夠煩了，回家還要面對這些瑣事？夏文心中閃過許多念頭，滿是抱怨。

「我最近腰痛得厲害，不知道為了甚麼，不管擦甚麼藥都沒有用，止痛藥又不敢多吃，怕會傷害身體。」他母親房內繼續傳出聲音。

「不舒服就休息吧。」夏文每天都聽到母親同樣的埋怨，早已麻痺。

「真的不知道怎麼了，明明檢查也沒事，醫生說肌肉發炎，但是怎麼這麼痛，而且都不會好。」他母親繼續不停地嘮叨。

夏文心中知道，他母親最大的問題就是缺乏運動，每天只會呆坐在沙發上看電視，或者滑手機，這樣的狀況已經維持好幾十年，就算是健康的人也會出毛病。儘管夏文早就警告過他的母親，但是他母親就是置之不理，現在終於惡夢成真，夏文心裡想，這都是早就知道的結果罷了，又能怎麼辦呢？夏文也從原有不斷的擔心掛念，逐漸轉變成鐵石心腸的人，早已對母親的碎念無動於衷。「你多休息吧！」夏文說完這句話就轉身走進自己的房間，將門關上。夏文心想，如果剛才一鼓作氣跳下去，現在就不用這麼煩心了！

這麼多年了，夏文像是與母親一起困在瑣事輪迴的地獄中，不斷重複柴米油鹽與病痛纏身的折磨。或許這就是夏文想要自殺的主因，但是他無法承認這個事實，如果只是這個原因就讓夏文想要輕生，也就證明自己實在太沒用了，連基本為人子女應有的孝順與回報都做不到，還算是人嗎？可是，久病無孝子也是事實啊，難道能怪他嗎？而且，他的兄弟姊妹對他母親都是置之不理啊，還不是一樣過得心安理得，為何偏偏自己就要扛下所有的責任與壓力，反正大家都不孝，又不是自己而已！每當這麼一想，夏文就更難過，難道別人去殺人放火，就代表自己也要去做同樣的事情嗎？明知不對的事情，卻又要強迫自己去效仿，夏文實在做不到，但愈是這樣，夏文就愈痛苦。因為心裡總看到他人逍遙自在的一面，相較於自己的不便，就愈感覺到有無比的沉重。更讓自己不屑自己的地方，是無法向那些真正的孝子們看齊，他們是多麼的無怨無悔，相較之下，自己就顯得噁心可恥。這才是夏文無法面對的事實，他無法接受自己人格的缺憾，就像是面對高山，明知攻頂才是目標，卻遲遲在山腳下就想投降，對於這種內心的怯懦，夏文以驕傲的假象尋找各式的藉口想要掩蓋，他不願承認自己做不到，不願承認自己的虛偽與軟弱。

夏文習慣性地隨手打開電視，看著搞笑的綜藝節目，讓腦袋放空。

忽然間，他想起悉達多太子這個名字，他是誰，我和他一樣嗎？夏文從床上坐直身體，拿起手機開始google。沒想到竟有一大堆資料，夏文看了幾則就發現，原來悉達多太子就是「釋迦牟尼佛」。他家客廳的神桌上就有一尊他的佛像，自己竟然不知。

我怎麼可能跟佛祖一樣？夏文心想，那個老頭真是瘋了！怎麼可以拿凡人與佛相提並論，真是瘋老頭，實在是大不敬！

接著又想，該不會這個老頭是要趁機對我宣教吧？不會明天以後還要我唸佛經吧？原來是個迷信的傢伙，沒想到我這麼輕易就被他騙了，夏文這麼一想，就將手機放下，不想細看網路上查詢到的資料，抬頭繼續望著電視，同時心裡想著，明天絕對不會任由那個老頭擺布，只要專心幫他盡快完成那些盆栽就好。

第1個早晨

「感謝人生中的一切煩惱」

隔天清晨五點鬧鐘響起時，夏文躺在床上掙扎著，實在太睏了，已經很久沒有這麼早起床，根本不應該答應那個老頭，昨天如果直接跳下去就沒事了，今天也就不需要接受這樣的折磨。可是又立刻想到老頭的指責，他的確不想要成為自私的小人，所以如果用幾天的勞力就可以轉換別人對他的觀點，似乎也算值得。夏文只好不甘願地從床上爬起，隨便盥洗一下，就出門搭電梯到頂樓天台。

抵達頂樓時，夏文原以為會看到老頭蹲在地上忙碌的身影，結果一個人也沒有，遠方的天際邊稍微泛白，鄰近四處卻仍是一片灰暗。沒想到自己竟然還比老頭早到，原本故意將鬧鐘設在五點，也就是他們約好的時間，就是不想五點準時出現，故意要讓老頭稍微等一會兒，不願讓他太過稱心如意。沒想到，此刻沒看到老頭，心裡原本算計的得意感立刻轉成一把怒火，愈來愈覺得自己根本就是被老頭整了。看來他根本就不重視這些盆栽，只怪自己太過一廂情願了。早知如此，昨天就不該答應他，直接跳下去就好。

想著想著，夏文走近圍牆邊，雙手扶著高度過胸的圍牆，再次探頭往樓下看，因為天色太暗，無法看清楚地面的狀況，不過這個時間點，底下應該沒有人吧！夏文心想，或許這才是最適合的時間，他心中的擔憂似乎也不存在了。

一股衝動，夏文雙手一用力，想要攀上圍牆。

「你來了啊！」夏文的背後出現那位老先生的聲音。

「你遲到了。」夏文收起剛才心中的衝動，佯裝沒事一般，生氣地轉頭，同時說，「是你自己說要種樹的，結果還遲到！」

「是你遲到才對吧！」老先生冷靜地說。

「哪有？」夏文尷尬地說，「你現在才來還敢說。」

「我五點準時就到了，沒看到你，也等了一會兒，後來想到，你一定沒有這麼早起床過，所以一定也來不及吃早餐，所以就下樓回家幫你拿份早餐過來。」老先生將手上的東西遞給夏文，「早餐很重要，一定要吃。」

夏文尷尬地說不出話，看著老先生手上的一袋食物。難道真的是自己誤會他了？而且對方還對他這麼好，自己卻以小人之心度君子之腹，原來自己果真是個有人格缺陷的人？

「拿去吃啊！看甚麼？」老先生晃了一下手上的食物，「別不好意思，剛好多的，只要你別介意就好。我習慣吃饅頭配豆漿，北方人的習慣。」

夏文靦腆地接過食物，羞澀地說，「謝謝。」原本的怒火也轉為羞愧。「我爸也是北方人，我很習慣吃麵食。」夏文語帶尷尬。

「那就好，吃吧。吃完才有力氣做事。」老先生微笑地說。然後轉身去移動植栽。

看著手上的食物，夏文實在不好意思食用，索性將食物放在牆角邊，主動過去幫忙。

「先吃吧！不急！樹又不會跑。」老先生揮手示意要他去用餐。

「我不餓。」夏文只好說。

「一定餓了。不要忘了，昨天才說我們身體的每個部份都會欺騙我們喔！有時候是心，有時候是眼睛，都有可能。你現在說不餓，可是你的身體可能餓了，或許是還沒發出訊號，也或許是你故意忽略了。被其他情緒故意掩蓋了。」老先生意有所指地說。

「沒有。我的心和身體都沒有欺騙我。」夏文堅持。

「沒有嗎？你剛才不是在生氣嗎？你的心不是創造了一個想像的劇情讓你掉進去，讓你以為受到了欺騙，直接就影響了你的情緒。」老先生平靜地說。

「我，我沒看到你，當然以為你遲到了啊！」夏文尷尬地說。

「所以，沒看到，不代表就知道事實，尤其，當你的心又推了你一把，丟出一些過往的印象，讓你立刻陷入各種的胡思亂想，就像是在心中快閃了一部極短篇的短劇。這就是我們昨天說的偏見！」

「沒有偏見。單純誤會了。」夏文不想承認。

「沒有嗎？好吧。」老先生心平氣和地說，「你昨天有查了悉達多太子嗎？」

「當然有。」夏文覺得正好可以回擊了，「原來悉達多太子就是釋迦牟尼佛啊！」

「沒錯。是個了不起的人！」

「甚麼『人』？是佛！拜託！」夏文覺得實在太不敬了。

「是人也是佛啊！畢竟他與我們一樣，都是因為體察到生老病死之苦，才悟得大智慧。」

老先生說得稀鬆平常。

「怎麼會一樣！完全不一樣！」夏文堅持。

「是嗎？如何不一樣？」老先生歪著頭看他。

「都說了，他是佛，我們只是凡人，哪會一樣！」夏文搖頭。

「是嗎？說說看你查到甚麼？」老先生好奇地看他。

「我，」夏文說不出來，因為他昨天根本沒有細看內容，「反正他就是一位宗教領袖，誰不知道。」

「你確定你有查到這個人的資料嗎？」老先生質疑。

「當然有啊！就是一些佛教的事，可是我沒有宗教信仰，所以沒興趣。」夏文理直氣壯。

老先生大笑，「你看看，還說沒有偏見，這就是偏見啊！」

「才不是！這是事實！」夏文生氣地回應，「你不能將每個事實都說成是偏見！如果這樣，你是說大家相信的事實都是偏見嗎？」

「非常有可能啊！如果沒有經過自己的思惟辯證，盲目地相信，甚至道聽塗說，就是偏見喔！」老先生依舊語氣和緩。

「又來了！悉達多太子是佛祖，這要如何思惟驗證呢？」

「你試試看啊！」老先生微笑地看著他。

「怎麼試？我要思惟甚麼？」

「首先從他的生平或基本資料想想吧，就像你今天如果要去認識一位女孩子，一定會想盡辦法去挖掘有關她的一切，包含她的興趣喜好，甚至教育背景或是職業，甚至是家庭狀況等等，不是這樣嗎？」老先生反而不解地說，「認識一個人絕對不是光憑她的外貌，更不可能聽別人轉述，你就可以認識了吧！難道你認識女孩子，都不用與她聊天嘛？直接從外表或隨便聽別人說，就可以知道她所有的狀況嗎？」

「當然不行！個性很重要啊！光是漂亮的花瓶也不行！」夏文知道理虧，依舊反駁。

「同理啊！你就從悉達多太子的生平思惟起吧！或許就可以讓你更了解這個人，而非聽到別人說，就隨便相信了。」

「這⋯，」夏文不好意思說自己根本沒細看。

「該不會，你根本沒看你查到的內容吧？」老先生一語猜穿。

「我一看到他就是釋迦牟尼佛，我就覺得那些所有資訊都是有關宗教的內容，反正你們信者恆信，你們願意相信是你們的事，我不相信也是我的事，不用互相勉強。」夏文認為宗教是一種心靈寄託，每個人都可以有其選擇，只是自己跟本不需要。

「你甚麼都沒看，卻直覺認為悉達多太子等於釋迦牟尼佛，也等於宗教之一。既然你沒看，又怎會有這樣的想法？說白了，都是因為聽過別人說而已，這樣的方式，難道不盲目嗎？難道不是偏見嗎？」老先生繼續舉例，「簡單來說，若是別人說你是個膽小鬼，我就直接相信了，你會開心嗎？」

「不會，」夏文不耐煩地說，「我知道你想說甚麼，我就是不信教！你不要跟我說教，我尊重你的信仰，你也應該要尊重我！」

「我有在對你說教嗎？我好像從頭到尾都沒有提到佛教的任何內容吧！我只是與你談論一個尋找真相的邏輯而已，不是嗎？」老先生覺得好笑。

夏文啞口無言，「你難道不是要我去信佛嗎？」

老先生再次大笑，「你連自己都不信了，教你信佛又有何用？」

「誰說我不相信自己？」

「難道不是嗎？你都相信別人的話，自己卻沒有去查實過，怎麼能算是相信自己呢？」

「好！我會去查！這樣可以嗎？」夏文覺得煩死了，不想再爭論。等我查完再來跟你辯，一定要讓你心服口服！夏文心想。

「當然好啊！」老先生心滿意足，卻像是猜到夏文心中的想法。

「難道你就沒有偏見？」夏文不甘心反問。

「有啊！就像我看到你要跳樓，我直覺認為你一定很不快樂。這就是偏見。也可以說是我們自以為是的判斷。」老先生點頭。

「也沒有錯啊，我就是不快樂啊！」夏文理直氣壯承認，卻同時覺得為了證明偏見不見得都是錯的，自己這樣的認同有點可笑。

「究竟有甚麼不快樂需要用輕生來解決呢？」老先生不解地問。

夏文原本只是與他鬥嘴，沒想到突然聽到這麼嚴肅的問題，一時不知該如何反應，「就是無法解決了，只好一死了之。」

「甚麼問題會無法解決？」老先生繼續認真地追問。

「就……，」夏文不知道該不該說，只好說，「你不會懂啦！」

「又是偏見！你沒說，怎知道我不會懂呢？」

「就很多事啊！說不清楚！」

「你連自己的問題都搞不清楚，一定是頭腦燒壞了，才會想以自殺逃避問題。」

「誰說我搞不清楚，我是想清楚之後，才做這樣的決定！」

「既然想得清楚，為何說不清楚？你的話很矛盾。」老先生故意說。

「我自己很清楚，但是不見得你一個外人可以了解啊！」夏文的火氣又上來。

「你說說看啊，如果我真的不了解，我也會承認。」老先生一副誠懇的態度。

夏文拗不過他，「就整個生活都不如意啊，找不到出口。」

老先生沒有說話，依舊雙眼直視，似乎在等夏文繼續說下去。夏文清了一下喉嚨繼續說，

「包含家庭、工作、愛情、友情，甚至身體等等，全都亂成一團了！」

「我還沒有聽到問題點？」老先生一臉茫然，「比方說呢？」

「比方說……，」夏文掙扎著究竟該不該說，最後心一橫，反正又不認識這個人，就算讓他知道也不會怎樣，這麼一想，立刻覺得無須忌諱，「我父親過世後，母親久病臥床，兄弟姊妹都不管我母親，讓我獨自一人承擔，不管在物質上或精神上的付出，幾十年下來，我的壓力已經大到我再也無法承受。」

老先生聽完之後點點頭，若有所思。

「我不是不孝順，只是真的太久了，我真的好累。我像是困在原地打轉的輪迴中，永遠找不到可以喘口氣的地方。」夏文擔心他會誤會，稍加補充。老先生依舊沒有多說甚麼，安靜地聽著。

「還有我的工作，」夏文以為他還在等其他的問題，只好繼續說，「最近景氣不好，我的餐廳生意嚴重下滑，快要倒了。」

老先生還是點頭不語。

「接著是我女朋友，怪我陪她的時間太少，一天到晚吵著要和我分手！」夏文愈說愈尷尬，只想趕快說完，「然後是我的胃，胃潰瘍兩三年了，不但好不了，醫生還警告我，有可能會轉成胃癌，要我特別留意，別再給自己太大壓力，還說生活作息要正常，可是怎麼可能？」

「最後是我的朋友們，只會找我喝酒吃飯，卻甚麼忙也幫不上！根本就是狐群狗黨！」

夏文說到一肚子火，情緒差點失控，「我的人生爛透了！」

空氣中似乎頓時愁雲慘澹。

「所以問題是『失敗』嗎？」過了一會兒，老先生淡淡地問。

「當然啊！一切都不如意啊！」夏文還在沮喪的情緒上。

「不但『失敗』，還『不如意』，是這樣嗎？」老先生繼續和緩地提問。

「是！這樣還不夠嗎？」夏文覺得老先生故意挑釁。

「不是夠不夠的問題，我只是想要確認清楚。」老先生語氣和緩地說，「有些人連問題在哪裡都不清楚，就一味地將自己困在傷感的情緒中。我不喜歡糊里糊塗地過人生，喜歡遇到問題就找出問題，如果可以，就去面對問題，找出解決之道。」

「說得容易。我知道我的問題在哪，但是就都無解啊！」夏文覺得他在唱高調。

「有沒有解，我不知道，畢竟你自己才會清楚。」老先生聳肩，「可是，或許你應該感謝這些狀況。」老先生面帶微笑地說。

「甚麼？」夏文以為聽錯了，「感謝？」

「沒錯，感謝所有的事情啊！」老先生一副理所當然的樣子。

「你瘋了嗎？」夏文忍不住，「你有聽到我剛才說的話嗎？」

「有啊！你說得還算清楚。你和家人的不愉快、工作上的、感情上的，還有……」

「這些事情有甚麼好感謝的！」夏文立刻打岔，不讓他說完。「我又不是神經病！」

「正因為你不是，我才覺得你應該有這樣的智慧去感謝啊！」

「你根本在胡言亂語！完全不正常。」夏文不想對他客氣了。

「哈哈哈……，謝謝讚美啊！我的確很努力當個『不正常』的人。」老先生笑了好一會兒，「這是我聽過最棒的讚美！」

夏文氣到說不出話，心裡覺得真是倒楣透了，沒想到臨死前竟然還遇上這樣的怪人。

老先生笑完之後，愉悅地說，「先不管正常或不正常，我們還是回到感謝的話題上。我相信你應該有智慧了解，遇到這些問題，都是值得感謝的！」

「有甚麼好感謝？我沒有詛咒上天就已經算是很客氣了！」夏文不悅地說。

「還記得我說過人生每件事都需要經過自己的思惟辯證嗎？」老先生客氣地說，「至少你已經做到思惟這件事了，你察覺到人生中的『苦』，光是能夠察覺這件事，就值得恭喜了！你的人生已經進入到有知覺的生命歷程了！」

夏文覺得老先生這些話真是荒謬透頂，「誰會察覺不到苦啊！生命之苦處處可見，誰會察覺不到啊？」

「你確定嗎？很多人可是視而不見，渾渾噩噩地過完一生。明知這一生就是會經歷老、病、死，卻依舊不好好把握生命，將有限的時間都浪費在物質的追求，或者滿足別人的期待，更糟的是飲酒作樂、毫無想法地浪費生命等等，那些都是沒有察覺的人生啊。」

「這些人或許也有察覺啊……」夏文還想反駁。

「或許有察，卻不覺吧。」老先生肯定地說，「如果有覺知，就會像你一樣不快樂，會感到痛苦，然後有兩條路，一種是會想要改變，想要找到解決之道，像悉達多太子一樣；一種是選擇以激烈卻愚蠢的方法去結束這樣的痛苦，像你一樣。」

「說就說，幹嘛罵人！」夏文心虛地說。

「敢做還怕人說啊！」老先生故意調侃，「萬一你真的跳下去，一定會有更多不客氣的批評出現！我這種還算是客氣的。」

「隨便他們說。反正我也不會知道。」夏文任性地說。

「會不會知道也難說。不過，也不是重點。」老先生語氣一轉，「除了恭喜你進入到有察覺的人生之外，還有一個原因，更是值得你去感謝這些煩惱。」

「甚麼原因？」夏文一時忘記自己根本不想感謝，卻脫口問了這句，反映出平日習慣性地敷衍。

「曾經有個智者說過一句話，『一切煩惱，皆是成佛因。』」老先生的語氣中充滿景仰，「簡單說，要得到未來成佛這樣無上福德的善果，就需要有人生這些煩惱或痛苦。因為有了這些煩惱，才會讓人開始思惟，進而嘗試尋求解決之道。」

「我又不想成佛！」夏文不屑地說，「你說不會談論宗教。」

「我沒有談啊，我只是舉出一句智慧之言，而這句話當中剛好有個佛字，你的意識立刻就將佛這個字與宗教畫上等號，只能說，還是你心中的偏見在作怪而已。」

「如果無關，這句話就沒有意義了！」夏文理直氣壯地回。

「『佛』這個字有很多種解釋，其中一種是指覺知醒悟之人。如果以此定義解釋，這句話就變成，要達到覺知醒悟，就要從思惟人生這些煩惱開始。」老先生微笑著說。

「自圓其說。」夏文不以為然。

「這是字詞定義問題，沒甚麼好辯論的。就算你不認同也沒關係，因為也不重要。」老先生不在乎地說，「重點是，這些人生的煩惱與痛苦，只要我們懂得思惟，善加利用，才有可能將苦轉為樂，讓我們沒有白白浪費了人類獨有的思考能力！」

「明明只有苦，怎麼可能轉為樂？」

「至少是一個開端啊！察覺苦了，接下來才會進入到下一個階段。所以我才會問，你有感謝他們嗎？」老先生保持微笑。

「當然沒有。我不覺得人生會從苦轉為樂！」夏文不悅地說。

「試試看吧！試著分別感謝這些苦，然後去想想他們有何值得感謝之處，這才是真正進入思惟辯證的階段。否則，你又是以別人的想法在理解人生的各種狀態。不要忘了，這就是所謂的偏見！」

「我才沒有偏見！」

「很好！我相信你沒有，也相信你會好好思惟這個道理。」老先生點頭認同。

夏文心不甘情不願地低下頭，卻發覺手邊似乎完成了好幾座的盆栽。「這些是誰做的？」夏文驚訝地問。

「你啊！」老先生臉上露出滿意的笑容。

「我？」夏文一臉茫然。他印象中只有與老先生的對話，完全沒有注意到手上的動作。

「這是我做的？」夏文無法置信。

「這些都是你施作的福田啊！」老先生肯定地說。

「甚麼福田！不要用這些宗教用語。」夏文翻著白眼。

「你真的很在乎這些字的定義，看來你果然有很多的枷鎖。」

「我沒有。這些都是基本常識吧！」

「或許很多所謂的基本常識，本身就是一種枷鎖吧！把我們牢牢綁死在被同化的意識困境之中。」

「又來了！你又要說，這些基本常識也要經過思惟辯證吧！」夏文猜到他想說甚麼。

「果然聰明！」老先生笑了，「那就交給你囉！好好思惟吧！你今天已經答應我要思惟兩件事了！」

「有嗎？」夏文聽不懂他在說甚麼。

「有啊！一個是去好好了解希達多太子的背景，不帶偏見地思惟；另一個是感謝人生中的煩惱，思惟他們當中值得感謝之處。」老先生做出整理。

「我哪有答應你？」夏文記得這兩件事，只是不想承認。

「我知道你一定會說到做到，就像你答應幫忙做這些盆栽一樣。」老先生滿臉慈祥。

夏文反倒不好意思，硬者頭皮說，「我只是希望六天後，你別再煩我！」

「沒問題！我也會說到做到。」老先生臉上露出如同孩童般真摯的笑臉。

死亡忽然變成一樁輕鬆的交易。夏文腦中閃過這個念頭，更覺人生的荒謬。

「嗯。」夏文尷尬地點頭，「時間差不多了，我先回家了。」

「好的！今天謝謝你了。明天早上見。」老先生開心地說。

夏文拍去手上的泥土，有種意興闌珊的感覺，緩慢地離開。

走下樓的時候，夏文有點恍惚，不太確定究竟剛才發生了甚麼事情，剛才真的有幫忙整理那些植栽嗎？剛才明明一直在與老先生爭吵啊？不過雖然是爭執，夏文也不得不承認老先生所說的話的確也有些道理，而且也蠻有邏輯的，不像是迷信之人。

或許我該認真想想他說的話。夏文心想。

推開家門時，客廳內傳出誦經的聲音，夏文走進時看見母親坐在神桌前虔誠地在默唸佛經，他才想起母親每天都會做早課，以往趕著出門上班，從沒特別留意，今天卻覺得不一樣，他看到母親專注的神情，第一次覺得有種寬心的感覺，還好母親有這樣的信仰，否則母親就沒有任何依靠了。

宗教對夏文而言一直都是一種迷信，所以總是相當排斥。但是今天卻突然出現另外一種想法，不管迷信與否，如果能讓人的心有所依託，可以排解心中的憂愁或疑惑，似乎也算是某種另類的心理治療，或許也就不該否認其中附加的功能與價值。

夏文沒再多想，匆匆回房盥洗，一想到還要趕去忙餐廳的事，再度心煩意亂。

第1天回家作業

思惟苦諦

晚上回到家時，已經超過十點，看到母親房內的燈已經關了，稍感輕鬆了些，因為不需要再面對來自母親的抱怨。儘管暫時逃避了一項煩惱，但是一整天下來，已經累積過多的負能量了！工作上的財務壓力，還有來自女朋友的不諒解等等，再次覺得身心俱疲，不但多次在店內差點情緒失控，還一度對著女友的電話大吼，這就是他每天的生活嗎？根本不是人過的！夏文想到頭都痛了，呆坐在床上，連房內的大燈都沒開。

有感謝他們嗎？夏文腦中閃過老先生的提醒。

怎麼可能感謝！都讓人承受不住了，有甚麼好感謝的？謝謝他們讓我的人生過得這麼悽慘嗎？謝謝他們讓我每天神經緊繃？每天睡不好、吃不下？謝謝他們讓我得到胃潰瘍？謝謝他們讓我忙到無法喘息？謝謝他們將我逼上絕路嗎？究竟有甚麼好謝的？我一點都不快樂，這有甚麼好的？誰要這樣的人生！

夏文雙手緊握，心跳加速。然後他想到悉達多太子，老先生曾經說過他們有相同的狀況？究竟怎麼回事，悉達多太子不就是釋迦牟尼佛嗎？

不要有先入為主的偏見！夏文也想到這句話。好吧，或許我該詳細查看究竟是怎麼一回事？如果我們真的相同，或許我可以從中得到一些幫助。

夏文打開房內的大燈，拿起手機輸入悉達多太子的名字，同樣再次跑出許多相關的資料，他打開其中一篇有關悉達多太子出家到成佛之間的故事，開始專心閱讀起來。

因為夏文原本就有排斥感，加上自己是理工科出身，所以不太理會當中過於感性或不切實際的傳奇色彩，單純理性地從故事中整理出幾個重點：

1. 悉達多太子誕生後，有位隱士預言他將來會出家並成為救世主。國王聽到時並不開心，且下令從優方式撫養這位太子，只讓他看見生命中的各種美好現象。
2. 悉達多太子長大後還是發現了老、病、死等人生必然的苦。因此想要尋求解答，希望可以化解這些人生之苦。某個夜裡獨自離開皇宮尋找解答。
3. 經歷多年當時各門各派的各種修練之後，最終在菩提樹下悟道成佛。

4. 接下來四十九年說法，待他究竟涅槃之後，他的弟子們將他曾經說過的話集結成冊流傳下來，才成為今日的佛法，幫助了後世的眾生。

這個故事內容並沒有花費夏文太多的時間去消化吸收，他快速地在腦中反覆思考。一開始，他覺得他被老先生欺騙了。他與悉達多太子一點都不像！夏文心想，悉達多太子可是出生在無憂無慮的皇宮內，根本不需要面對生命中的煩惱！要是能像他一樣是個太子，絕對不會出家，會盡情享受榮華富貴，開心地過完一生。

唯一相似之處，就是他們都為人生的苦而煩惱吧。夏文勉強從中找尋相似點，卻又立刻推翻。悉達多太子是在舒適的生活環境中思考到生命之苦，而夏文卻是被現實生活的各種苦境壓得快喘不過氣，並非夏文主動願意去思考的。光是這點，就有天大的不同。夏文想，如果是太子身分，絕對不會想這些事。所以悉達多太子能在樂中思苦，確實非常人所為，夏文由衷佩服。是甚麼樣的動機讓悉達多太子拋棄人間舒適的生活，硬要去尋找解脫之道呢？為了自己嗎？還是為了家人？或者為了眾生？夏文不解，至少這一刻沒有解答。

但是，悉達多太子之所以在樂中思苦，無非是希望再從苦中找尋到究竟之樂嗎？所以能在苦中發現樂，才是大智慧？

「一切煩惱，皆是佛種因。」夏文腦中閃過這句話。思惟煩惱或人生之苦，才會得到大智慧嗎？這就是老先生的意思嗎？所以他要我感謝這些煩惱，就是因為這些煩惱提供我這個機會，讓我可以動腦去思考，只要我願意且努力，是有可能得到大智慧？

悉達多太子沒有這樣的環境，反而故意出家去尋找？而我已經深陷其中，不須另求？是這個意思嗎？所以我比悉達多太子幸運？

瘋了吧！這是甚麼邏輯！夏文立刻推翻這樣的想法！也太不正常了吧！

可是悉達多太子確實挑戰了我們世俗人眼中的正常，不但故意遠離生命中的歡樂，還刻意去嘗盡苦頭，的確非正常人的行為啊！

何謂不正常？何謂正常？夏文亂了，這已經超出他既有的思惟邏輯。

先不管這個了！夏文不願多想。老先生要我感謝我的煩惱，只是這個意思嗎？因為他們提供我機會去動腦嗎？如果沒有這些煩惱，我們就不會動腦嗎？

還是說，如果沒有這些苦，我就不會感知到何謂快樂嗎？或者無法珍惜快樂嗎？苦與樂是一體兩面，如果沒有苦，人類會出現「樂」這個概念嗎？所以，老先生要我感謝苦，就是這個意思嗎？

還是說，老先生其實另有含意，他認為即使是苦，其中都可以發現值得感謝的地方嗎？他是這樣說的嗎？「找出值得感謝之處。」「苦」並非只是拿來對照生命中其他的「樂」，而是苦之中，就有值得感謝的地方？也許不是樂，但是卻值得感謝？

是甚麼呢？夏文認真地想。

他開始抽絲剝繭，先從家庭關係想起：母親長期為病痛所苦、兄弟姊妹之間的不和睦，這些有值得感謝的地方嗎？母親雖然身體不適，但是至少還活著，讓他們為人子女有機會可以盡孝，所以是值得感謝的地方嗎？兄弟姊妹們雖然沒有在物質上或精神上有任何支助，但是至少他們還是有不定期以電話關心母親的狀況，讓母親每次接到電話後的心情都會變得比較好，只要母親開心，她的抱怨就會相對少一些，這就是值得感謝他們的地方嗎？

女朋友呢？吵著要多些時間陪她，代表她還在乎，所以也值得感謝嗎？餐廳快要倒了，有甚麼好感謝的？感謝學到經驗了？還是感謝倒了之後就不用這麼辛苦了？酒肉朋友呢？感謝他們的陪伴嗎？讓我暫時借酒澆愁嗎？不對！應該是他們的陪伴讓我少了些孤單無助的感覺吧？是嗎？

最後是自己身體的病痛，感謝讓我了解要慢下生活的腳步嗎？讓我明白健康的重要嗎？

是這樣嗎？我應該要這樣想嗎？感謝所有的煩惱？

我做不到！

想歸想，只是自欺欺人，根本做不到！我不是聖人，無法這麼理性！就算可以想，也改變不了心情啊！怎麼可能隨便想想就沒事了！所有的問題還是存在啊，根本沒有任何改變！只要一想到，還是一肚子火啊！心情還是平復不了，痛苦還是沒有減少！

感謝他們？還不如感謝我自己！感謝我願意這樣想，感謝我的仁慈！

夏文推翻了這些念頭，往後仰躺到床上，不一會兒就睡著了。

第2個早晨

「抽去心中所謂的正常」

隔天清晨手機內建的鬧鈴響起時，夏文其實早已經醒來，雙眼盯著天花板看了好一會兒。他從未這麼早醒來過，之前偶爾夜裡醒來也會立刻翻身再睡，很少像今日一樣，仿佛已經睡夠了，又像是有人幫他的頭腦按了開機，已經開始運作起來。雖然無法仔細列舉究竟想了哪些事情，但是他明顯感覺到整個頭腦已經開始運轉，似乎已經做好暖機動作，隨時可以應付更艱難的思惟工作。

夏文伸手關去鈴聲，立刻下了床，毫無賴床的想法。快速梳洗之後，準時出現在頂樓天台。看見老先生站在圍牆邊的身影，不知為何，心中有種莫名的感動。

「我來了。」夏文酷酷地說，「我沒有遲到喔！」

「我知道！」老先生轉過身，帶著親切的微笑。「來，吃早餐。」老先生又遞給他一袋食物，「豆漿與饅頭。一樣。」

夏文不好意思地接下，「謝謝。麻煩您了。」

「不麻煩，快吃，才有體力做事。」老先生一臉慈祥。

「我回去有做功課。」夏文吃著早餐，同時語帶尷尬地說，「我查了悉達多太子的生平故事。」有點像是小學生向老師炫耀自己很聽話的感覺。

「太好了！與你之前想像得不太一樣吧？」老先生滿意地問。

「差不多啊！」夏文故意唱反調，「故事中還是有很多神話色彩，像是他誕生時的奇幻異相，還有悟道時的魔幻景象等等。」

「究竟是不是神話色彩，我無法斷言，畢竟我沒有親眼看見，不能以偏見去否定。」

「這一看就知道是後人添加的神話啊！」夏文斬釘截鐵地說。不過他看見老先生似乎有話要說，就立刻接著說，「我知道你又要說那套思惟辯證的理論，還有偏見之類的，好吧，反正也無可考，隨便吧。」

老先生笑了，「哈哈，看來你有聽進去我的話，很棒！」老先生像是鼓勵小朋友一般繼續說，「除了這些，還有其他想法嗎？」

「我覺得悉達多太子的確是位了不起的人物，竟然能捨去榮華富貴，去尋找解脫之道，像他這種能夠在享樂之中還能想到人生之苦的人，真的是少之又少，至少我是做不到。」夏文這次比較認真地回答，以顯示他也是有想法之人。

「不簡單，你竟然能看到這個面向，表示你果然是個聰明人！」老先生面露驚喜。

「不要瞧不起人，我也是有讀書的。」夏文一臉得意的表情，「所以你說我和他很像，其實根本就不像，我是逼不得已去面對人生的煩惱，他卻是在『樂』中就能去思惟『苦』的意涵，這之間的差距實在太大了！」夏文語氣中充滿佩服。

「看似不同，卻又沒太大差別。」老先生微笑地說。

「打甚麼禪語！」夏文覺得老先生就是喜歡故弄玄虛，「反正他最後悟道成佛了！我是沒這個能力，終究只是個凡人！」

「不要小看自己的能力！只要生而為人，就代表都有機會！這也是悉達多太子留給世人的大智慧之一。」老先生搖著頭說。

「怎麼可能？別開玩笑了！哪有那麼容易！」夏文覺得荒謬。

「當然不容易！不過，有機會才是重點！」老先生保持微笑。

「有機會也沒有用！我們只是普通人，悉達多太子不是普通人，他根本異於常人！」

「何謂異於常人？」老先生興致勃勃地問。

「說白了，就是不正常！」夏文乾脆更直接一點，「哪有正常人會放棄那樣的身分跑去吃苦？他的思惟邏輯根本就不合常理！」

「太棒了！連這個你也看懂了？」老先生再次驚訝地說。

「這有甚麼好大驚小怪的？凡是正常人，誰不想要無憂無慮的生活！他明明就有這樣的條件，卻選擇放棄，硬要跑去吃苦，這根本就說不過去啊！」夏文坦言。

「但是，你不覺得還好有他這樣『不正常』的想法，才能為我們眾生留下大智慧嗎？如果他選擇當個所謂的『正常』人，最後只會像一般人沉溺在世俗創造的『正常』假象中渾渾噩噩過完一生，不但沒人記得，這個世界的眾生也會繼續處於無明的痛苦之中。」

「甚麼正常不正常的，你到底在說甚麼？」夏文想起昨晚也有閃過這樣的念頭，但是因為卡住，所以選擇不予理會。

「我們今天可以來聊聊何謂『正常』吧！」老先生開心地說，「不過，你還沒提到你第二個作業。你有好好表達你的感謝嗎？」

「我有『想過』這件事，但是所謂感謝這些煩惱，是因為你覺得苦與樂是一體兩面，因為有苦，才會有樂，所以你用這個觀點希望我去感謝苦嗎？還是，你認為所有的苦當中，雖然不見得可以發現『樂』，但是都可以找到值得感謝之處，是這個意思嗎？究竟你是指哪個部分？」夏文像是繞口令一樣說出昨晚的思惟邏輯。

「太棒了！這就是所謂的思惟啊！我沒有標準答案，答案在你心中。」老先生說。

「在我心中？」夏文快要瘋了，「我昨晚就是想不透你的意思啊，所以兩種都想。」

「我兩種都想聽。」老先生展現高度的興趣。

「好吧。」夏文忽然覺得稍有成就感，想要賣弄一番，「第一種是有關二元的相對論，是人生中不變的定律，有苦就有樂，有生就有死，有健康就有病痛，有陰就有陽，有男就有女，等等，世界就是在這種二元的現象中激盪出各種的感知。所以當你要我感謝這些煩惱時，我覺得你是在暗示這個道理，如果人生沒有苦或煩惱，或許人就不知道何謂『喜樂』，換句話說，沒有苦，『樂』就顯示不出意義。對吧？」

「不要管對錯，繼續說。」老先生鼓勵他。

「不過我不太認同。我不認為人生如果沒有苦，就會不知道樂！就像美麗的花，他們自然美麗，我們心中看到都會自然生出這樣的想法，不需要任何醜陋的對照。」夏文說。

「是嗎？」老先生皺著眉頭，「如果你從小到大都沒有遇到醜陋的事情，你心中真的會出現『美麗』這樣的詞彙嗎？就像如果我們全世界的泥土或岩石都變成鑽石，你還會覺得鑽石珍貴嗎？」

「這……」夏文明知道答案，卻硬說，「誰能知道？或許還是會覺得漂亮啊？」

「會覺得漂亮？還是稀鬆平常？沒有感覺？」老先生追問。

「無解吧！畢竟我們沒有這樣的環境，誰能肯定地說呢？」夏文不想承認。

「換個角度想，我們知道月球上沒有空氣與水，如果有天人類移民去月球上，空氣與水會不會變成是非常珍貴的東西呢？」老先生再問。

「是沒錯啦……」夏文覺得自己快要辯輸了，「那是因為物以稀為貴啊！」

「所以貴或便宜的原因，是取決於物品的稀有與否！同樣也是一種二元相對的定義啊！與你剛才說的花一樣，如果全世界到處都是花，沒有葉子，到時候，或許人們會覺得葉子比花更美吧？」老先生輕鬆地說。

夏文無話可說。只想趕快轉移話題，「反正，我昨天還有第二種想法。第二種比較像是尋找這些『苦』當中所隱藏的正面意義。例如我母親雖然身體病痛，卻仍然活著，這是我們為人子女應該感謝之處；我女友對我的抱怨，也可以理解成她對我的在乎，還有其他的問題，也都可以往正面的方向思考，只要能發現正面之處，就有理由可以感謝。你應該是指這個意思吧？」夏文意興闌珊地說。

「你不必在乎我的想法，重點是你自己的思惟。」

「既然如此，那就我更坦白一點。」夏文不悅地說，「我覺得這叫做自欺欺人，我根本做不到，我又不是聖人，我只是平凡人，我有正常人該有的情緒，面對痛苦，當然會生氣或難過，遇到開心的事，也會感到快樂，這才是人啊！喜怒哀樂，是人類再正常不過的情緒反應，不可能永遠只想到正面的事，然後完全沒有負面的情緒，這是不可能的！」

老先生點點頭，「我了解。所以才說感謝悉達多太子留下大智慧來幫助我們。」

「別再說悉達多太子了，他不是常人啊！不能拿我們去跟他比較啊！」夏文更氣。

「甚麼是正常？甚麼是不正常？你有仔細想過嗎？」老先生面帶微笑問。
「這有甚麼好想的。大家公認的事就是正常，反之，就是不正常！」夏文翻著白眼。
「大家曾經公認地球是平的，而且也曾經以為太陽是繞著地球轉。」老先生笑著說。
「不一樣。當時科技不好，也不能怪人類！」夏文理直氣壯。
「沒錯。人類的認知其實很需要智慧，甚至各種儀器去協助判斷，才有可能發現事實真相。所以人類在每個時代所謂公認的事，不代表就是真理，只是代表那個時代中共同的無知而已，既然不是真理，又怎能說是正常呢？而當時挑戰這些正常的『不正常』智慧，反而才是真理！」老先生緩緩地說。
「繞口令啊！」夏文故意不屑地說，「你不要舉以前的事來說，那都過去了！」
「鑑往知來，沒聽過嗎？」老先生笑著回，「也可以，不談過去，我們來看看現在發生的事，甚至更貼近一些，以我們現代人普遍的日常生活為例吧，走路靠右邊，正常嗎？中午十二點吃午餐，正常嗎？」
「正常啊！這有甚麼好討論的？」夏文不解。
「所以，如果有人走路不靠右走，偏偏要靠左走，上午十點就說要吃午餐，都算是不正常，對嗎？」老先生反證。

「當然啊！這些人最討厭！」夏文點頭，立刻想到偶爾會在捷運上遇到的情況，以及自己員工曾經發生過的問題。

「沒錯，如果有我們認為『不正常』的狀況出現，挑戰或違反了我們心中認定的『正常』，就會影響我們的心情，產生喜怒哀樂的情緒，是吧？」老先生追問。

「好像沒錯。」夏文察覺有異，感覺自己一步步要掉入陷阱。

「萬一你發現這些狀況並非『不正常』，你還會受影響嗎？」

「應該就不會了。」夏文說得保守，不太敢確定。

「現在政府不是正在宣導走路靠左走的政令嗎？因為這樣才可以看見前方的來車，會比以前靠右走無法看見後方來車安全許多。所以，靠左走似乎變成所謂的『正常』了。」

「有嗎？我怎麼不知道！」夏文驚呼。

「有啊！你可以去查一查！現在靠左走才是正常。」

夏文搖搖頭，不甘願地說，「只能怪政府宣導不利！」

「另外，鄉下地方早上四五點就起床下田耕作，通常很早就吃了早餐，所以十點肚子就會很餓，需要吃午餐，這樣也不行嗎？」老先生接著說。

「可以啦……」夏文覺得怪怪的，「可是，好像不一樣吧？」

「當然不一樣啊！只是每個人心中都有自己一套標準為每件事情做了定義，其實，這些從小到大因教育或生長習慣而根深蒂固在心中的每個定義，就成為綁架我們心情的兇手，而我們卻將他們定義成『正常』二字。所以只要遇到與我們想法不同的事情或狀況出現時，我們的腦中就會將其標示為『不正常』，並立刻左右我們的思緒或情緒。」老先生依舊微笑。

「難道你的意思是說，根本沒有正常或不正常這個概念嗎？」夏文提出質疑。

老先生聳肩，「端看你的定義啊！如果你所謂的正常，只是要符合你個人心中的標準，那其實就不太正常了！因為世界何其大，不應該所有事情都以自我為中心，去評判他人的正常與否。與我們不同，不代表不正常，因為在別人心中，或許我們才是不正常。」

「如果不是我單一的想法呢？而是整個社會或國家制定的標準或觀念呢？這樣的定義就比較客觀了，也就有所謂的正常了吧？」夏文少了反駁的語氣，倒像是請益的感覺。

「你認為呢？」老先生笑著反問。

夏文愣了一下，稍微想了幾秒，「應該是吧。」才說完，又馬上推翻自己，「不對，每個國家的標準或文化又不一樣，也不可以用自己國家的標準去評判他國，只是習慣不同，不可以說是正常或不正常。就像有的國家開車是左駕，有的是右駕，方式不同而已。」

老先生滿意地點頭，「看來你已經開始習慣思惟這件事了！」

「可是……，」夏文皺著眉頭，「這樣說起來，如果各有各的觀念與想法，這樣不就沒有所謂的正常與不正常，也就說，完全沒有一個標準，這樣世界不就大亂嗎？」

老先生笑了，「你好像將這幾個定義搞亂了。標準或規範的確是需要由國家制定來讓人民遵守，以達到國家的管理，但是這不代表我們應該用這樣的標準或規範去定義所謂的正常或不正常，更不應該因為這些公認的方法或觀念去影響我們的心情。」

「沒有正常與不正常？」夏文喃喃自語著。忽然想到，「這與我的煩惱有何關連？」

「你再想想，」老先生臉上笑容依舊，「如果你試著從你的煩惱中，抽去所謂正常與不正常的想法，這樣還會有煩惱嗎？」

「抽去正常與不正常的想法？」夏文似懂非懂。

「這就當作是你今天的回家功課吧！」老先生說，「天亮了，時間差不多了。」

夏文這時才發現周遭明亮了許多，而手邊又有一堆已經完成的盆栽。「這些又是我做的嗎？」夏文疑惑地看著他們。

「是啊！你幫了很大的忙。謝謝你。」老先生開心地說。

我有嗎？夏文心中出現一個大大的問號。呆望著老先生。

「快回去吧！明天早上見！」老先生笑得很燦爛。

夏文遲疑地起身離開，不解地低頭看著雙手的泥土。

回到家時看見母親依舊端坐在神桌前安詳地念誦著經文，夏文感到心安，小聲地向母親道早，回頭看了一眼神桌上的佛像，心中升起一種不可思議的熟識感覺。

不過沒敢多想，夏文又趕緊回房準備上班。

第2天回家作業

沒有正常，也沒有不正常

趕到餐廳時，早班的工作人員已經開始認真地在廚房忙進忙出了，不過夏文立刻發覺人數不對，詢問之後發現有人遲到，心頭立刻衝上一把火，整個人頓時悶悶不樂。

等到那位員工趕到餐廳時，立刻被夏文叫到眼前，準備對他訓話。夏文開口前忽然想起老先生早上說的話，自己的情緒都是被心中既有的想法綁架了，因此稍微整理了一下情緒，或許應該先聽聽對方有甚麼話好說。

「為甚麼遲到？」夏文面無表情地看著這位員工。

對方也冷冷地回，「我摔車了。」

夏文愣了一下，「還好嗎？」語氣和緩許多。

「沒事。對方叫了警察來，所以才會遲到。」員工也放鬆些。

「有受傷嗎？」夏文這時才想起都沒仔細去看看對方。

「小擦傷而已。」

夏文看到對方的手臂上有明顯的擦傷處。「要不要去醫院看看？」夏文急了起來。

「不用啦！小事。」員工開始不好意思。

「不行。公司不是有醫藥箱嗎？先去擦藥！如果不舒服，就要去醫院看看。知道嗎？」夏文關心地說。

員工愣了一秒，「好。謝謝老闆。」接著緩緩站起身，說：「不好意思，我遲到了。」

「人沒事就好。」夏文忽然有種感動，「以後騎車小心。」

「嗯。」員工點點頭，尷尬地微笑離去。

夏文坐在原位，心情異常的好。很慶幸自己沒有隨意責怪這位員工。沒有偏見，就沒有苦嗎？這是老先生的意思嗎？忽然再次想起與老先生的對話。

夏文甩去腦中的胡思亂想，加入開店前的準備工作。

中午餐廳最忙的時候，夏文的女朋友再次來電，說她想了很久，兩人的相處如果都沒有時間互相陪伴，根本就不是感情。所以她不得不做了決定，她覺得他們兩人不適合，還是分手吧。

這已經不是第一次了，他們已經為了這件事溝通許久，也吵了許多次，夏文也開始想要放棄這段感情了，加上店內正忙著，根本無暇照顧她的心情，原本想要生氣地對她說隨便你吧，卻忽然看見早上遲到的員工微笑地從他身旁經過，因而想起早上發生的事。心念一轉，改口說，「你來店裡坐坐吧！我很想你。」

他的女友愣了一下，緩緩地在電話中說，「好吧。」然後就掛了電話。

夏文心情忽然放鬆許多，開心地轉身工作。

大約一小時後，他的女友就出現在店內，此時店內的客人也少了許多，夏文的神經也不再那麼緊繃。「來了啊！你先坐。」夏文開心地招呼她。「吃飯了嗎？」

他女友搖搖頭，尷尬地坐了下來。

「太好了！」夏文開心地說，「等我。」然後轉身進廚房。

過了一會兒，夏文端出一盤料理，「嚐嚐。這是我們最新的一道菜。」

夏文女友嚐了一口，略顯羞怯地說，「還不錯。」

「是嗎？我親手做的喔！你是第一個吃到這道菜的人！」夏文驕傲地說。「你慢慢吃，先吃再說。我再去忙一下。」然後開心地起身去忙店內的事。

等到店內客人大多都離開後，夏文才又走回他女友的座位，關心地問她，「要不要甜點？有你最喜歡吃的紅豆湯喔！」

「不用了。」她搖著頭說，「我吃飽了。」

「咖啡呢？」夏文殷勤地問。

「也不用。」她還是搖頭。「我們聊聊吧。」

夏文點點頭，坐在她對面的位子，「我很謝謝你。謝謝你這陣子容忍我。」夏文沒有多想，脫口而出。

她嚇了一跳，瞪大雙眼看著夏文。

「我知道我不是一個好情人，常常忙到沒有時間陪你，卻勉強你接受我這樣不正常的生活。所以我很感謝你，願意接受我這樣的不正常。」夏文繼續說。夏文女友輕輕地搖著頭，沒有開口說話。

「我好像開始了解我們爭吵的原因了。明明是相愛的兩個人，卻不斷爭吵，原因都出現在我們心中各自對感情的不同定義。我認為感情就是要互相體諒，所以將沒有時間陪伴也視為理所當然；而你將感情中的陪伴看成是主要的關鍵，所以只要少了陪伴的時間，就不是一段正常的感情。因此，我們都被各自的定義困住，才會想不開。」夏文好像懂了。

「你在說甚麼？」女友一臉茫然。

「我想說的是，我很感謝你這陣子的陪伴。讓我看見自己不足的地方。」夏文語氣和緩。

「所以，」她女友有點緊張，「你也想要分手了？」這明明是她提出的，突然有點錯愕。

「當然不是。」夏文覺得好笑，「我很想珍惜這段感情，不過我不想再以自己認為正常的方式去勉強你。我會修正我心中認為正常的交往模式，不會再將你的要求視為無理取鬧。我只是被自己心中的執著欺騙了，才會看不清你的用心。」

「我不太懂，」她依舊滿臉疑惑。覺得今天的夏文很不一樣。「我們之間的問題該怎麼解決？你會有時間陪我嗎？」

「我也不知道。時間的確是我目前最大的問題。我會盡力。不過，」夏文有點釋懷了，「如果我們的相處真的無法讓妳快樂的話，我也不該一直勉強你，我可能太自私了。」夏文停了一下，「我是真心希望能夠讓你快樂。」

「我知道，你的確對我很好。」夏文的女友猶豫著，「我只是，我可能也有點自私吧，希望你可以多些時間陪我。」

「這代表你很喜歡我。還沒看膩。」夏文笑著說。

「誰喜歡你啊！臭美！」夏文女友嬌羞地說。

夏文大笑，然後誠懇地看著她，「可是，我很喜歡妳。永遠看不膩。」

「你們男人都這樣說，可是說變心就變心。」她撒嬌地說。

「我是真心的！」夏文看著她，「謝謝你一直陪著我。」

「好啦！知道了！」夏文女友的臉都紅了，「你趕快去忙啦！我也要回去上班了。」

「這麼快就要走了？」夏文嚇了一跳。

「對啦！誰叫你今天這麼不正常！」她站了起來。

夏文笑了，忽然瞭解「不正常」竟然真的是種讚美！「我要繼續不正常，你才會開心！」

夏文好像隱約了解甚麼。

「神經！隨便你啦！」夏文女友帶著微笑離開。

夏文看著女友離開的背影，心情異常地好。這是這些日子以來，他們第一次這麼心平氣和地說話，也讓夏文似乎看見這段感情可以死灰復燃的徵象。原來不需要太多的改變嗎？原來只是一念之間的轉換嗎？抽去心中所謂正常的束縛，就能幫彼此找到解脫之道嗎？夏文忽然驚覺早上與老先生的對話似乎有些道理。或許他應該更加認真思惟其中的道理，或許他悲慘的人生其實並非無藥可救！如此一想，夏文的精神好了許多，重新開始忙於工作。

沒多久，店內比較不忙了，夏文開始研究起目前的財務狀況，整個心情又沮喪了起來。不但已經連續好幾個月沒有獲利了，就連員工基本的薪水都是勉強依靠自己的房貸硬撐而來，夏文根本不知道還能撐多久。上午原有的好心情，此刻早已忘得一乾二淨。

晚上回到家時，母親已經又就寢了。沒有遇到母親，不知道該高興還是難過，夏文心中有說不出的複雜滋味。他其實也不想這麼忙，還是希望可以早點回到家，陪母親稍微聊個天，紓解一下母親無聊的心情；但是，大多時候的心情都非常不好，原本好意的陪伴，最後都會落得為了各種瑣事爭執，反倒讓兩人的心情更糟。夏文承受不了母親的抱怨，不但沒有幫上母親，還增加自己心中的壓力，像是抓著一根細小的浮木，無法同時解救他們兩人。

梳洗完畢後，夏文如同往常一般，開著電視坐在床上發呆。

突然腦中閃過老先生交代的回家作業，還有自己早上簡短有過的心得，於是關上電視，專心思考目前遇到的問題，是否真能從中發現造成自己困境的「正常」想法。

首先想到的，依舊是來自家庭中的巨大壓力或痛苦。一是母親的久病，二是兄弟姊妹對於此事袖手旁觀的態度，讓他深感不悅。第一點中，有任何所謂的「正常」嗎？也就是傳統社會中對於此事公認的正常觀念嗎？夏文不得不承認，造成夏文痛苦的，應該就是所謂的「孝道」吧！因為從小到大的教育，不但要光宗耀祖，還有二十四孝中每個故事不斷強調的重點，就是要無怨無悔對父母的照顧等等，都將孝順父母當成身而為人最基本的準則，反之，似乎就沒有資格當人。這樣的觀念深植在夏文的心中，所以也督促他一直當個父母眼中所謂的乖小孩，同時也是外人眼中孝順的兒子。久而久之，這樣的標籤在無形中讓夏文開始喘不過氣，他得到了讚美，同時也更加要求自己，深怕有任何閃失就會打壞這麼多年建立起來的形象。

「孝順父母」等於「為人子女的正常行為」。夏文找到第一個所謂的正常。反之，所謂的「不正常」，就是不回報父母之恩，棄父母於不顧吧？光是孝道這個觀念，就有許多面向，包含「父母在，不遠遊」等等。因為這句話，也讓夏文這麼多年都不敢安排任何與朋友外出旅行的活動，潛意識中將自己與母親牢牢綁緊。

如何抽出其中的「正常」呢？夏文不斷思索老先生的話，難道是要我不孝嗎？不對，夏文立刻就推翻。所謂的思惟並不是反對，而是應該去思惟「孝道」的真正意義是甚麼？甚至應該思考：與父母之間的關係，只有存在由下對上的「孝順」嗎？還是有其他的相處模式，而非以單一的「孝順」概念去侷限彼此的相處？傳統文化中教導的孝順，我們就要無條件地接收嗎？其中有沒有因為時間與社會變遷後而應該出現的差異呢？甚至，最後是否應該要將這些所謂正常的概念拋開，不要糾結其中，自然就不會影響自己的情緒？

為了好好思惟孝道，夏文索性在網路上查詢有關孝道的意義。同樣出現許多相關的資訊，大多是有關孔子對於孝道的論述。其中有幾個部分讓夏文又多了一些思考。孔子曾經在某個場合說過所謂的孝就是「無違。」但是之後某次當曾子問孔子，「從父之命」是不是等於孝？孔子的回答是，「故當不義，則子不可不爭於父，臣不可不爭於君。故當不義則爭之，從父之令，又焉得為孝乎！」此時卻又推翻了單純「無違」就是孝的說法。也就是說，孝順不可以盲目，還是要以「義」作為拿捏的標準。當夏文看到這裡，發現孔子論述的孝道，其實是要看情況，甚至是要因人而異的，不可以死守某個單一的論述而去斷章取義。

夏文反問自己，是否多年來都是以斷章取義的「孝道」意涵將自己壓得喘不過氣呢？另外，夏文又查到孔子說過的一句話：「今之孝者，是謂能養。至於犬馬，皆能有養；不敬，何以別乎？」印象中曾經讀過這句話，但是卻忘得一乾二淨了。夏文多年來一直以為，只要努力在生活起居上提供母親無憂的物質條件就是盡到孝道了，卻忽略了更加根本的關鍵，也就是和顏悅色地對待母親。原來精神上的關心與照護，遠遠勝過外在物質的提供與滿足。這麼一想，才發現自己似乎完全走偏了。

研究了好一會兒之後，夏文似乎對於孝道有了重新的想法，但是每個觀念再次重擊夏文的內心，讓夏文多了更多的不安與難受，難道自己多年的努力都白費了？自己以為對母親做了許多，付出了許多，結果卻都是錯的？早知如此，還不如不要做！夏文做了這樣偏激的結論。

正當夏文想要放棄之時，忽然想到老先生要他抽去問題中的正常與不正常，而非單看問題中所謂「正常」的部分。這些都是他人定義的孝道，符合他人期待的行為就是正常。萬一，夏文不要去在意別人的期待呢？如果將這些孝道的期待都拋棄，不管別人對自己會有怎樣的想法，也不要在乎自己是否符合孝順的標準，只要問心無愧地照護母親，將正常與不正常的想法都丟去，是否就會減少這些莫名的壓力呢？

這麼一想，夏文好像覺得自己的思惟出現了轉機。除了不該以自我為中心，將自己認定的正常去要求別人之外，同樣也不該以他人認為的正常來要求自己，只要有期待，就會有失望。不去滿足自己或他人的期待，就不會有失望。如此，生命就會更自在一些呢？

夏文覺得自己好像想通了。原來，關鍵就在於各種從小到大的期待，這些想要滿足各種期待的心情，才是造成生命中各種負面情緒的來源。

朝著這樣的思惟邏輯，夏文開心地搜出心中糾結的其他問題，逐一檢核。

感情生活似乎已經於中午的時候驗證了，只要彼此都能減少心中既有的期待，自然就減少對彼此的不滿；但是工作呢？就算減少期待，生意不佳的事實還在？快要撐不下去的事實也還在，這好像不是觀念改變就能改變。身體的健康呢？所謂抽去正常與不正常，難道就是不要去在乎健康與否嗎？就算不在乎，身體的病也不會就此不見啊？還有朋友之間的關係，就算不期待他們會伸出援手來幫助自己，但是也不會因此就覺得他們是好朋友吧？難道要不管朋友的好壞，繼續跟他們去喝酒澆愁嗎？

愈想愈亂，夏文覺得好累，昏昏沉沉睡去。

第3個早晨

「人生如夢」

夏文從噩夢中嚇醒，一身冷汗直流，心跳加速，無助地坐在床上發抖。

稍微冷靜後，夏文才敢去細想剛才的夢境。

好像是小時候跟著母親去搭火車，由於車上人太多，加上沒有座位，於是他與母親就站在最後一個位子後方與隔牆之間的小小縫隙，座椅後面下方有個鐵製的小踏墊，夏文索性就坐在上面，不久後就放心地睡去。等到醒來時，母親已經不見。他緊張地大聲喊叫，害怕地四處尋找著母親，卻毫無母親的蹤影。夏文無助地放聲大哭。然後，夏文就驚醒了。

回想著這個夢，夏文雖然心有餘悸，卻毫無頭緒。因為他小時候從來不曾與母親搭過火車，這根本是不曾發生過的事。夏文竟為了一個不曾發生過的夢境，害怕到幾乎六神無主。這實在太過荒謬了！夏文心想。原來我們的心才是影響我們情緒的主要兇手，不管事實的真相如何，只要心有所偏執，就會影響整個人的情緒。對於曾經發生過的事就算了，但是對於不曾發生過，僅是單純的想像而已，竟然也能影響我們的心情，難道我們真的都被這顆控管不住的心所操控著、欺騙著嗎？一旦理性醒了過來，察覺出真相，了解這些僅是夢裡的假象，就能慢慢冷靜下來，以理智說服太過感性的情緒，就能逐漸調伏內心的激動。但是對於真實發生的事，即使理智在作用，似乎也難調伏已心。但是，夏文忽然一想，如果我們以為真實發生過的事，根本沒有發生過呢？倘若人生也是一場夢呢？只是我們一直困在一場噩夢中，遲遲無法醒來，一生都在為了夢境而緊張害怕、生氣與難過，若真如此，要怎樣才能醒過來呢？

突然手機的鬧鈴響起，夏文隨手將其關閉，機械式地下床盥洗，腦中似乎儲存過多的資訊，此時已經無法多想。

有氣無力地走到頂樓時，夏文看見老先生如同昨日一樣安靜地站在圍牆邊。

「早安。」夏文沒有太多的情緒，腦中一片空白。

「早安。吃早餐。」老先生親切地轉身，臉上帶著微笑。

夏文不自覺地伸手拿了早餐，似乎開始習慣這樣的相處模式。「你都這麼早起床？」夏文不經意開口閒聊，似乎潛意識裡想要轉移心中糾結的思緒。

「是啊，早睡早起身體好！老祖先的生活智慧，不可不聽啊！」老先生笑著說。

「誰不想啊？可是每天都忙到不可開交，能夠睡就偷笑了。」夏文冷冷地說。

「這也是現代人的大問題之一，生活沒有規律，作息紊亂。很多人都以為平常少睡些也沒關係，反正休假時多睡一點，就可以補回來。其實，紊亂的作息，才是將身體搞壞的主要原因。如果能有規律的作息，不但身體會健康，我們的思緒也會清晰一些。」

「說得容易！生活是需要靠努力打拼得來的，哪有那麼容易！」夏文不以為然。

「工作的目的是甚麼呢？」老先生突然問。

「當然是為了過好的生活啊！」夏文理所當然地說。

「甚麼是好的生活？」老先生繼續追問。

「身體健康，生活不虞匱乏，無憂無慮啊！」夏文立刻說出心中早就想過的答案。

「可是作息大亂的生活，要如何得到健康呢？」老先生問。

夏文語塞，「也沒辦法啊！為了生活，只好犧牲。」

「你的好生活定義中，是有包含身體健康，現在卻要犧牲健康，這樣還能算是好生活嗎？」

「這是不得已啊！要不然要餓死嗎？為了不虞匱乏的生活，老了可以不再為了錢而煩惱，當然要趁年輕時多努力一些啊？」夏文理直氣壯地回，「我不想過窮人的生活。」

「甚麼樣的生活是不虞匱乏啊？」老先生好奇地問。

「我希望退休後不但沒有房貸的壓力，每個月還要有十萬元左右的生活費，可以讓我到處旅行，還能享受美食，以及購物時不需要掙扎。」夏文描繪著心中理想的生活。

「這些都是有關金錢上的考量。」老先生微笑著說，「如果沒有健康，怎麼去旅行？可能連吃東西都有困難吧！更沒有心情去買東西了。所以只以金錢多寡作為未來生活好壞的評判標準，似乎太過狹隘了吧？除了物質條件，有想過精神方面的不虞匱乏嗎？」

「精神方面？」夏文愣了一下，任性地說，「反正每天想做甚麼就做甚麼，開心就好！人活著不就是為了要開心嗎？」

「是嗎？」老先生接著問，「你喜歡吃甚麼？」

夏文想了一下說，「我喜歡吃大閘蟹。」

「你最多可以吃幾隻？」老先生又問。

「大概五隻吧！」夏文覺得這些問題怪怪的。

「為何不多吃一些？」老先生笑著問。

「不行。五隻就已經很飽了！而且吃太多也不行，身體會過寒，容易腹瀉。」夏文搖頭。對於美食，他很有心得。

「所以每天吃也不行嗎？」

「當然不行。」

「所以就算是開心的事，每天重複做，也不會開心了？」老先生微笑地看著夏文。

夏文這時才警覺過來，感覺像是中了圈套。「我可以吃不同的食物啊，又不是只有一種美食而已。」

「也是。但是，就算每天都吃不同美食，也等於是進入一種美食的重複循環，久而久之，真的不會無感嗎？甚至，再也沒有剛開始的開心了？」老先生質疑地問。

「不會。」夏文堅決否認。

「萬一吃膩了怎麼辦？或者，萬一你身邊都沒有人陪你的話，會開心嗎？萬一你身體狀況更差了，醫生不讓你吃這些美食了，又怎麼辦？」老先生一連幾個殘酷的假設。

「不會，都不會！」夏文再次堅決回應。

「究竟是不會，還是不想面對？這也是很多人的問題，明知道人生早晚都會發生的事，卻不想去面對，永遠在心中編織一個美麗的夢想去欺騙著自己。好吧，就算不會，請問你認為你幾歲可以開始過這樣的生活？」老先生依舊好奇。

「六十五歲吧！也就是退休的年紀。」夏文肯定地說。

「你認為你大概可以活到幾歲？」老先生語氣和緩。

「八十歲吧！我也不想活太老。」夏文很認命。

「我幫你算一下，你需要存多少錢。一棟房子以一千五百萬計算，退休後的十五年歲月中，每個月需要十萬元的生活費，所以總共需要一千八百萬的存款。扣除你現在每個月固地的開銷，你目前的存款距離你的目標還有多遠？六十五歲可以退休嗎？」老先生算很快。

「我不確定。」夏文想到店裡的業績。

「光想就覺得壓力很大。」老先生笑著說。

「是啊！所以我才會覺得很煩啊！」夏文皺著眉說。

「不過，這是誰給你的壓力啊？」老先生淡淡地問。

夏文當然知道這個問題的答案，「我知道是我自己，但是人活著就是要有目標啊！」

「為了目標，卻把自己逼到喘不過氣，甚至要自殺，這邏輯好像怪怪的。」

夏文想到自己原本是要自殺的。這麼一想，這些目標好像根本不重要了。

「暫且拋開你的目標，換個角度想，為了要讓最後十五年的歲月過得舒適，卻犧牲掉前面六十五年寶貴的光陰，埋頭在物質的追求上，這樣的計畫不會矛盾嗎？」

夏文知道不合理，「這也沒辦法啊，人生不就是這樣！」

「果真如此嗎？」老先生再次換個角度說，「為甚麼不讓前面六十五年的歲月，一樣過得愜意自在呢？」

「怎麼可能！」夏文嗤之以鼻。

「究竟是不可能，還是你不想改變而已？」老先生微笑地說。

夏文停頓下來，不知如何回應。

「甚至，說難聽點，我們不是常說天有不測風雲嗎？將所有快樂的願望與想像都放在以後的歲月，先不管這樣的邏輯是否合理，你就那麼有把握，一定會活到八十歲嗎？甚至，可以活到你退休嗎？」老先生語氣充滿悲戚。

夏文再次無言以對。他知道這不是耍任性就可以解決的。

「我想你應該也有聽過一些過勞死的年輕人，他們一樣也是將希望寄託在未來，選擇犧牲當下的生活與生命，最後卻根本得不到。這樣的計畫，真的合理嗎？」老先生重問。

夏文不想回答。無力地望向遠方。

老先生不想再逼問他，看著他憂愁的臉，關心地問，「你看起來沒有睡好？」

「嗯。」夏文點點頭。沮喪的心情一時難以平復。

「失眠嗎？」老先生語氣慈藹。

夏文搖頭，「做了一個奇怪的噩夢。」

「甚麼夢？」老先生問。

夏文不覺有甚麼不能說，意興闌珊地將早上的夢境簡單說了出來，同時將自己的心得與疑惑也說了出來。

老先生笑著說，「看來，你的思惟習慣也開始影響你的潛意識了，讓你連睡覺時都開始思惟人生的真諦。」

「這哪是甚麼人生的真諦，不過是一場不切實際的夢境而已。」夏文反駁。

「究竟真的只是一場未曾發生過的夢，還是你的記憶選擇性地將小時後發生過的事情遺忘而已？」老先生問了有趣的問題。

「這，」夏文沒有甚麼把握，「應該不曾發生過吧！」

「但是你不能百分百確定。對嗎？」老先生微笑地說，「萬一真的發生過，只是你的記憶將其刪除了，然後你自然地『相信』那只是一場夢，最後將你的『相信』當成『真相』，然後再用你的『理智』去調伏你的情緒，以『未曾發生就不該影響心情』的邏輯去說服自己。終於得到平靜的心。」老先生停了一會兒，繼續說，「但是，如果此刻你重新發現，原來那根本不是一場夢，而是實際發生過的事，你的心或情緒會再度起伏嗎？」

夏文未曾這樣推敲過，「應該不會吧。既然已經將心情調適過了，不管究竟有沒有發生過，都不是重點了。」

「太棒了！看來我們今天又可以進入新的議題了！」老先生開心地說。

「甚麼議題？」夏文一臉茫然。

「討論新的議題之前，我們先來聊聊你昨天的回家作業吧！」老先生輕鬆地問。

「有關昨天的作業，是有一些幫助，但是追根究柢，還是有突破不了的地方。」夏文坦白地先說出自己的結論。

老先生點點頭，「很有趣。說說看。」

「我昨天放下心中所謂『正常』的想法，其實也就是放下以自我為中心的固執，結果似乎改善了我在與人相處上所遇到的問題，包含與員工之間的對立關係，以及與女友之間的緊張等，好像有些許的突破。所以我認為，這個部份很像是『異地而處』，也就是站在他人立場著想的道理，好像有助於提升人際關係，不過，換到其他的問題上，好像就沒有太大用處。」夏文說。

「說說看。」老先生鼓勵著。

「例如我與母親之間的問題，雖然我思惟了孝道的意義，也開始覺得不應該將別人對於孝道的概念強加在我身上，甚至試著不去在乎所謂『正常或不正常』的孝道是甚麼，我可以做到問心無愧就好。但是我對母親的長照問題仍在，我的兄弟姊妹們的冷漠不關心也還在，這都沒有任何幫助啊！此外，對於我的工作，不管正常不正常，業績都不會改善啊！還有我的身體狀況，又不是心念一改，身體就會恢復健康！」夏文將昨夜想不透的事全拋出。

「很棒！看來你真的有用功啊！」老先生開心地說，「反覆思惟辯證，才能究竟真理。這是必須的過程，急不得。重點是要不斷推翻自己堅持的想法，重新歸零再想。」

「反覆？歸零？」夏文又聽不懂了，「我覺得我已經撞牆了，無法歸零。」

「就你認為人際關係改善的部分來看，你認為抽去正常與不正常的想法，是類似易地而處地為他人著想，但是，你有想過你站在他人立場想，自己的想法就不重要嗎？你確定你可以做到忽略自己的想法嗎？而他人的想法或行為就是對的嗎？」老先生懷疑。

夏文愣住了，他原以為老先生至少會對他這種正面的想法予以鼓勵，沒想到竟然得到這種質問，彷彿再次推翻自己的思惟。難道這就是老先生所謂的反覆思惟嗎？不斷推翻自己嗎？即使連正向的思惟也要推翻嘛？這樣下去，真的會找到答案嗎？「難道為人著想不對嗎？」夏文不解地問。

「沒有對與不對。」老先生笑著說，「我只是提醒要不斷反覆思惟。你覺得對的時候，就有不對的面向存在著，也就是說，當立場不同，又會出現不同的所謂『正常』的思惟，同時就又會出現下一個不同的對與錯。」

「不同立場時，就會出現不同的對與錯嗎？」夏文懷疑地說，「例如甚麼狀況？」

「例如，你站在這個員工的角度想了，你為了他著想，看似很好，但是其他員工呢？你有站在其他員工的角度想嗎？他們會開心嗎？或者，你是真心站在員工角度為他著想，而你內心是壓抑的嗎？有委屈嗎？」老先生毫無遲疑地舉了幾個思考面向。

夏文完全沒有想過，他以為只要替人著想，就是好事。沒想到還有這些複雜的面向。

「這麼說，不管怎麼做都錯啊？」夏文亂了。

「沒有對與不對。不要將重點放在甚麼是對的，或者甚麼是錯的？而且，所謂的對，是根據你心中的定義？還是我心中的？然後又要去找出一個共同的定義出來，有了新的定義，就又衍生出另外一個『正常』，而相對的部分，又是另外一個『不正常』。」

「我們好像在原地打轉，這些話好像說過了。」夏文意識到。

「這就是思惟的過程啊！不要害怕或擔心在原地打轉，不正常或許就是正常喔！」老先生的語氣中透露著一種神祕的感覺。「就像你昨天認為沒有幫助的其他部分，如果你繼續從另一個角度去思考，繼續挑戰你認為撞牆的思惟，或許又會開啟新的觀念。」

「怎們可能，已經無解了，想再多也是無解。」夏文不認同。

「試試看，這就是思惟有趣之處，不斷挑戰自己。」老先生依舊鼓勵著。

「我也想啊，就拿最簡單的健康來說，我就算放下心中對於所謂『正常』或『不正常』的堅持，我身體的狀況也不會因此改變啊！」夏文沮喪地說。

「解釋一下？」老先生好奇地問。

「一般人所謂的『正常』就是『人活著就是要健康』，只要不健康就是『不正常』。這是根據醫學上的定義來看。而我就算抽去這樣的觀念，用相反的角度去想，認為『人活著就一定會有不健康的狀況』才是正常的，也認為『人一生都健康』才是不正常的。就算心裡知道『病痛』是人生必經的過程之一，身體的病痛也不會因此改善啊，心裡也還是不會快樂啊！」夏文深信無解。

「太棒了！這就是思惟的過程啊！」老先生開心地笑著。

「不是過程，是死胡同了。」夏文無力地說。

「如果你繼續往下挖呢？不要當成是死胡同呢？繼續挑戰你在這個思惟過程中認為理所當然的部分，試試看！」老先生的神情與精神突然變成年輕人一般。

「不是死胡同嗎？我認為的理所當然？」夏文陷入深思。

「我好像懂了。」夏文緩緩地說，「我原本認為思惟過後，『身體病痛必須因此改善』視為正常，如果把它變成不正常，而將『身體病痛不會因此改善』視為正常，這樣就沒有了期待，打破了心中的期待，就不會因為失望而難過了。是嗎？」

老先生微笑地看著夏文，既沒點頭，也沒搖頭。

夏文無法遏抑心中的一股激動，繼續說，「也就是說，真心接受老、病、死的必然現象，不去強求不老、無病或不死，因為沒有這些貪求，隨著這些境遇安處，就會有不同於以往的平靜與快樂，而不是一般人所謂『健康才是快樂』、或者『不老才是快樂』。對嗎？」

老先生臉上的微笑像是充滿了感激。

「是啊，身體既然已經壞了，不是要去思考如何讓身體變好而已，也不是一味地貪求沒有病痛的人生，而是將這個過程視為一種人生的提醒，提醒我們去思考究竟是甚麼原因讓我們變成這樣，既然都是自己造成的，也沒有甚麼好抱怨，反而是盡快去思考應該如何改變過去的壞習慣，不要再繼續惡化下去才對；甚至警惕我們要更加珍惜接下來的歲月，趁著還沒完全倒下前，不去拘泥在『健康或不健康』的念頭上，而是為自己的生命找到新的出路，就算身體無法恢復健康，至少沒有浪費剩餘的時光。」夏文像是在為自己打氣一般。

夏文一想，原本在意的身體狀況，似乎也不算是一個困擾了。

「這種不斷反覆的思惟辯證，也可以用在我的工作上嗎？」夏文突然很有興趣。

「當然啊！你再試試看！」老先生同樣慈愛的神情。

「我原本認為我的餐廳生意不好，快要撐不下去了，這個部分就算思惟正常與不正常，好像都沒有幫助。」夏文再次將困擾重述，「或許我可以再挑戰這當中已經被我視為理所當然的部分。」

老先生點著頭，好像等待夏文繼續說下去。

夏文也像是得到鼓舞，繼續說，「餐廳好或不好的定義在哪裡？是利潤的多寡？還是有沒有打平？此外，開源與節流的部分，是否也有被我視為理所當然的地方？例如人事成本，我有需要這麼多人嗎？排班方式有需要調整嗎？原物料的準備有需要調整嗎？廣告宣傳費用有需要調整嗎？另外，餐點的價位有需要調整嗎？餐點的內容有需要調整嗎？有需要增加或減少菜色嗎？有需要調整用餐的時段嗎？好像有太多原本被我當成理所當然的問題忽然都浮現了！如果我不去糾結在營收不佳，而是去思考原本被我忽略的問題，也就是被我當成是『正常』的部分，或許我就能找到解決的方法。」

「『欲望愈大，不安與徬徨的心就愈大』。這句話可以用來思考餐廳營運好壞的一個面向。」老先生像是自言自語地說，「創新也就是一種『不正常』，就是挑戰所謂的『正常』。」

「創新我懂，但是欲望這個部分，我就比較難理解了。」夏文皺著眉頭，「創業的目的當然就是希望可以賺更多錢啊！如果不想賺更多錢，幹嘛要創業啊？」

「或許這又是一個值得被推翻的『正常』思惟喔！」老先生笑著說。

「創業不為賺錢，還能幹嘛？」夏文喃喃自語，不像提問。

「只要你繼續思惟辯證下去，我想你應該會有不同的想法出現。」老先生的語氣充滿肯定，「看來工作方面的思惟也有所進展了。剩下家庭與朋友的部分，你好像也可以再試試看啊！挑戰你認為無解的部分。」

夏文點點頭，「家庭與朋友的部分，都比較像是人際關係的思惟，說穿了，只要心念轉變，似乎就能看到曙光。例如我面對母親的長照問題，很像是面對我身體的狀況，不要有期待，甚至將『這個狀況就是不會變好』視為正常，不要一直糾結在改善與否，或許才能找到比較平靜的心。就連面對我的兄弟姊妹們的態度也是一樣，不要去期待他們改變態度，甚至將『他們就是這樣的態度』視為正常，不去糾結在公平與否，或許才是寬恕自己的方式。同理，對於朋友們，也不要再用傳統給予朋友的定義去要求他們，所謂『友直、友諒、友多聞』，或者『兩肋插刀』等等，沒有這些所謂『正常』的定義，就沒有要求與期待，自己才不會有太大的失望。」夏文一口氣說完。

「不要忘了，每個視為理所當然的常態，或許都存在著值得反思的『不正常』！」老先生再次提醒。同樣沒有給予夏文任何肯定的答案。「抽去正常與不正常的執著，不代表沒有真理，也不代表是模糊地帶喔！應該是更有智慧明辨真理的存在。」

「好的。我知道了。只要我撞牆了，我就會重新再想想，將這面無形的牆鑿穿，或者繞道而行！這樣可以嗎？」夏文覺得累了，如此反覆辯證久了，很容易讓人錯亂。

「只要養成思惟的習慣，頭腦就會愈來愈清晰。」老先生臉上露出滿意的笑容。

「好的！」夏文沒有力氣再故意反駁了，甚至打從心底認同，「你剛才提到，今天新的議題是甚麼？」夏文需要不同的刺激。

「我都忘了，看來你們年輕人的頭腦還是比較管用！」老先生大笑著。

「也不是，我只是想要轉移話題罷了！」夏文坦白回答。

「沒問題啊！」老先生開心地說，「還記得你剛才提到夢境的事嗎？還有我們剛才的思辨嗎？」

「記得啊！」夏文心平氣和地說，「我記得我們剛才聊到，如果心已經調伏，究竟是夢境或真實發生的事實也就不再重要了。」

「沒錯。」老先生點頭，「你原本因為夢境而感到害怕，後來『理性』跑出來告訴自己，那只是一場夢，所以不用怕。而你的心，因此就慢慢平靜了下來。也就是說，如果我們知道，人生原來只是一場夢，只要不斷提醒自己這件事，我們的心情就不會被影響了。或者應該說，就算還是會有心情的起伏，但是卻可以調適，畢竟你的理性念頭會跑出來提醒你『這一切都只是一場夢』。」

「這一切都是夢？」夏文再次露出驚訝的表情，「這太荒謬了！這是不敢接受現實吧！我們明明都有知覺，怎麼會是夢？」

「你在夢境中也有知覺啊，而且就是因為太有知覺，才讓你有緊張害怕的情緒出現，不是嗎？」老先生反問。

「不一樣。夢境終究會醒來。可是我們在這一生中，不管從每天的睡眠中醒來幾次，這個世界都不會消失啊！」夏文試著不要太過激動。

「又或者，我們自以為我們醒來了，可是卻根本完全沒有醒來呢？」老先生微笑著。

「怎麼可能？如果沒有醒來，我怎麼可能上樓來跟你談話。難道你也是我的夢境嗎？」夏文覺得荒謬。

「你能確定我不是嗎？」老先生露出神秘的笑容。

夏文愣了一下，「當然可以確定！這太荒謬了！我又沒有妄想症！」夏文雖然嘴上這樣說，心中卻隱約有種不踏實的感覺。

「好吧！也是。」老先生換個說話語氣，「就像莊周夢蝶，最後成了哲學問題。因為無法辯證。所以如果我們繼續糾結在『夢』這個詞彙上，我們就永遠不會有共識。讓我換個方式說，並且使用你知道的詞彙，『人生終究一死』，這句話，應該就沒有任何可以反駁之處了吧！」

「當然。我們這幾天不是一直都在談嗎？」夏文點頭。

「雖然有談，卻沒有深刻的體悟。」老先生保持微笑，「你不覺得『死』這個字與『醒』這個字有異曲同工之妙嗎？同樣都是結束了一種狀態。夢『醒』時，結束了『夢』境的狀態。人『死』後，同樣結束了所謂『生』時的狀態。」

「好像有點雷同。」夏文猶豫著。

老先生繼續說，「如果這是一個數學等號，醒＝死，故得到『夢＝生』。」老先生用手指在空中寫出這個等式。「所以，人生不就是一場夢嗎？」

「狡辯！」夏文無法反駁，但是又不甘願，只好說氣話。

「好吧！」老先生笑著轉換語氣，「我就說你太過糾結在『夢』這個字的定義上了。暫且不管人生是不是一場夢好了，我們端看『人生終究一死』這句話，不管這一生發生甚麼事，如果能夠深刻明白這個道理，死了之後，活著時發生的一切都不重要了，如果能夠常常提醒自己這件事，那麼活著時候的各種喜怒哀樂，是不是也不用那麼在意了？你的心情就不會跟著有太大的起伏？就像你從夢境醒來後，會告訴自己不要去在意夢裡發生過的事，這不就是一樣的道理嗎？」

「人終究一死？甚麼都不用在意？」夏文覺得似是而非。

「是啊。我們第一次在這裡見面時，你準備跳下去之前，你的心中應該就是這樣想的吧！」老先生故意喚醒夏文的記憶，「因為太多煩心的事，所以認為，一死了之，甚麼都不用在意了！」

夏文像是恢復了記憶，「對啊！這樣想法不會太過悲觀嗎？因為知道早晚會死，所以就提早放棄了嗎？甚麼都不在乎嗎？」

老先生開心地笑了，「太好了，你也知道這是悲觀的想法！」

「我，」夏文像是被打臉一樣，尷尬地臉都紅了，「我就是悲觀才會想自殺啊！結果到頭來，你還是告訴我人生是一場夢，早知道就讓我跳下去就好了啊！」夏文火冒三丈。

「先別生氣，你再仔細想想，不要忘記思惟辯證。不要堅持在原有的想法上。」老先生和氣地說，「你真的覺得我們倆說得是一樣的概念嗎？」

「難道不一樣嗎？人生終究一死，活著只是一場夢，如此，人生還有甚麼好在意的？」夏文快速總結。

「不要忘記一開始，我也請你感謝人生的煩惱啊！能夠思惟人生中的苦諦，是一件不簡單的事；同理，能夠思惟人生中的死亡，甚至一切都是夢，一切都會消失，最終可以得到滅諦的狀態，才是一件不平凡的事。」老先生試圖喚醒夏文幾天前的記憶。

「滅諦的狀態？」夏文似懂非懂，心中不太懂這兩個字的意義，但又不好意思問，只說，

「難道也要我去感謝人生如夢嗎？」

「或許這會是一個不錯的開始。」老先生微笑著說。

夏文腦中忽然閃過一個名字，「悉達多太子是怎麼做或怎麼想的呢？」

「太棒了，你還記得啊！沒錯，人生就是這樣，當我們遇到狀況時，或許可以參考前人的智慧。」老先生開心地點頭，「找到大智慧，就會像是在人生中找到指引我們的老師一樣，就可以讓我們更清楚知道如何去面對這個充滿自尋煩惱的人生。」

「你該不會繞了半天，還是要我信教吧？」夏文跳出防衛心。

「我有對你提到任何宗教嗎？」老先生皺著眉說，「而且，好像是你自己提到悉達多太子的名字吧？」

夏文尷尬地清了清喉嚨，「也是。那他究竟做了甚麼？在思惟死亡這件事情上。」

「死亡也是一種人生必經之苦。所以應該將死亡列在我們之前所聊過的煩惱中，也就是苦諦之一。但是今天要嘗試想想不同的議題，甚至進一步希望可以得到滅諦的智慧，是不一樣的狀況。」

「滅諦的智慧？」夏文不解，「是甚麼意思？」

「我記得你之前有查過悉達多太子的資料啊？」老先生反問，「你當時查到甚麼？」

夏文回想了一下，想起自己整理出的幾個條列式的重點，「我記得他為了思考人生的老病死等苦，所以出去尋找答案，最後悟道成佛。但是……」夏文不好意思地說，「我沒有去了解他究竟是如何悟道的。更不知道他悟了甚麼道。只看到結果。」

「或許過程比結果更重要。」老先生微笑地看著夏文。

「可是，佛祖說了這麼多的經書，誰有辦法可以全部讀完啊！就算讀完，也不見得可以了解其中的道理吧！」夏文覺得太難了。

「的確。太難了。」老先生笑著說，「可是天下沒有不勞而獲的事啊！總是要親自思惟辯證過，才會真的明瞭啊！」

「還是你可以告訴我，應該先讀哪一本呢？」夏文靈機一動。

「你不是要我不要說教嗎？現在又要我告訴你去讀哪本佛經？這也太矛盾了吧！」老先生覺得他實在太有趣了。

「我只是去讀讀看，又沒有說要信教！我可以把佛經當成是學術論文或小說看啊！」夏文嘴硬地說。「總要有個入門之處吧！否則『不知』就容易會產生誤解啊！你不希望我繼續誤解佛教吧！」夏文故意挑釁地說。

「讀過佛經的人太多了，就算讀過，也不能保證不會誤解啊！」老先生不為所動。
「所以你不要我去讀佛經嗎？」夏文故意說。
「我沒有『要你』或『不要你』去做任何事。我相信，如果你與佛有緣，你們終會相遇。」老先生臉上始終保持著微笑。
「算了，就算沒有看，我也可以自己來思惟滅諦的意義。」夏文任性地回答。
「也不錯啊！凡事最終都還是要經過自己的思惟辯證！」老先生點著頭說。「乾脆這就當成你今天的回家作業吧！想想如果這只是一場夢，無苦無樂、無生無死，你如何面對你原本的煩惱呢？」
「又是回家作業。我每天都很忙的！」夏文嘴上抱怨著，心中其實很想早點去查。
「人生如夢，好好想想你究竟在忙甚麼吧。」老先生說。
「知道了。你們這些不忙的人才會說這種風涼話。」夏文故意調侃他。
「我很忙的！忙著思惟辯證。」老先生笑著說。
夏文拍拍手上的泥土，好像已經習慣看見眼前突然出現一堆整理好的盆栽。「天都亮了，我也要回家去準備上班了。」
「好啊。」老先生從盆栽上剪了幾多花下來，「帶回去送給你母親供佛吧，她一定會很開心。」

夏文看著手上的花，有種莫名的感動。好美。

人生隨處都有這麼美麗的事物存在著，之前都沒有時間與心情好好欣賞。

「謝謝。」夏文真心地對老先生說。

老先生臉上依舊是慈祥的笑容，天邊泛起的晝白讓老先生臉龐的線條隨之柔和。

夏文回到家，看見母親正安坐在神桌前專注地念誦著經文，猶豫著該不該打擾她。

「媽，」夏文還是開口，「這個給你。」夏文將花遞給母親。

他的母親愣了一下，開心地接過花，「好漂亮啊！這個拿來供養佛祖最好了！」

「是啊！」夏文不經意也跟著笑了。

「我去準備上班了。」夏文開心地說。

「好啊！路上要小心喔！」母親也開心地回。

第3天回家作業

思惟滅諦

上班途中，夏文腦中還在想著清晨與老先生的對話內容，原本他以為挑戰了心中所謂的「正常」（執著）觀念，好不容易以「不正常」（創新）的邏輯為自己的內心找到一些平衡的方式，沒想到今日卻被告知，這一切都是夢，醒來之後，甚麼都不重要了。如果這樣，幹嘛要去找出何謂正常？何謂不正常啊？反正都不重要啊！可是，老先生又說他與我對於此事的理解不同，究竟哪裡不一樣啊？

夏文帶著這個疑問抵達餐廳，原以為只要自己慢慢想，就可以想到答案，誰知道開始忙起開店前的準備事項後，夏文就將這個問題拋到腦後，忘得一乾二淨。

開店前的進貨、備料以及打掃等，總有一堆瑣事要忙，而且每當準備得差不多時，通常也就是到了開店的時間，當客人一進門，就會開始不停的忙碌下去，直到午餐時間過後，才稍微可以有個休息的空檔。由於專注，所以時間過得很快，當自己警覺到像是打完一場混戰時，大多都是下午休息的時段。

這時候夏文才想起剛才中午時段接到一通女友的來電，由於太忙沒時間細想，隱約中記得女友在電話那端頻頻道歉，表示雖然知道夏文是個好人，但是她期待的愛情還是希望對方能有多一些的陪伴，所以想了一整夜後，還是決定提出分手。

夏文當時因為店內太忙，無暇與女友多聊，只是簡單對女友說，希望她可以再考慮看看，不要輕易放棄這段感情。掛上電話後，雖然心裡有些難受，但是店內午餐忙碌的狀況讓他沒有時間多想，很快就忘了。

再次想起時，夏文雖然覺得好像應該趕快回撥電話給女友，希望可以再勸勸女友回心轉意，但是因為店內還要處理的雜事太多，再加上滿腦子都在思考如何改善店內的營運狀況，就算此刻打電話過去，也不知道要說甚麼，甚至擔心因為自己的心煩，反而說出氣話，讓事情可能沒有轉圜的餘地。這麼一想，夏文放下手機，拿出店內的筆電，打開店內的財務報表，專心研究起上面的各種數據。

夏文發現幾個或許可以改善店內營收問題的方法，快速地在筆電上打出一份清單，標題上寫著「挑戰傳統正常思惟」，首先是節流方面：

1. 中式餐廳總習慣提供眾多選擇，不管在食材上或作法上都是，所以造成備料成本過高，如果將菜色集中在客人最常點的前十名，應該就可以減少進貨成本。

2. 外場服務人員過多，雖然服務周到，但是相對成本也高。而且一旦過了用餐時間，大家無事可做，剩餘人力也是一種浪費。應該縮減人力，從排班上著手，或者改為兼職方式等等，藉此減少薪資成本。

3. 內場服務人員也不少，原本的分工方式似乎可以調整，讓每個人發揮最大功能，如此就可以減少人力，同時降低成本。

4. 進貨來源也是一大問題，當時為了講究品質，許多原物料都找有機單位購買，因此成本相對高出許多。不過這個堅持好像也沒有獲得客人的青睞，似乎也不需要繼續堅持，同時又可以減少進貨成本。

夏文根據上面幾點，稍作試算一下，發現立刻減少許多開支，收益利潤相對提高不少。讓夏文的雙眼都亮了起來。

接著是開源方面，夏文想著以前對經營餐廳的堅持，總認為中式餐廳最重要的就是料理本身，只要食物好吃，不愁沒有客人。但是這一兩年經營下來，才發現事實似乎不是如此。在現今變化這麼快的時代，加上資訊發達，選擇太多且方便，光是料理美味一個優點，絕對無法成為賣點。似乎還要多出令人印象深刻的創意亮點，甚至是讓人願意主動口碑行銷的亮點才行。只才不會一天到晚只做到附近居民的生意，讓餐廳淪為他們心中一個不用下廚的替代品而已。只有讓餐廳的名聲擴散出去，吸引到更多其他地方的人前來享用，才可以提高收入，甚至也要轉變附近居民的心態，讓餐廳變成他們心中戒不掉的美食，而非可有可無的選擇，這樣才能穩定每天的營業狀況。

愈想愈覺得自己發現了盲點，夏文覺得挑戰傳統「正常」思惟的想法真的太棒了，只要找出「不正常」的創意，才能突破目前的困境。於是他又列出另一個有關創意的想法，包含在料理餐點上的改變、餐具上以及擺盤上的改變、裝潢上的改變，甚至是宣傳方式上的改變等等，他都逐一找出過於理所當然的中式餐廳的想法，嘗試融入各種不同的創意。

幾個小時過後，夏文好不容易寫完腦中的各種想法，也到了晚餐時間，雖然又要繼續忙碌，但是夏文此刻心情好了許多，像是撥雲見日的感覺。

晚上閉店前，夏文接到一位朋友的來電，邀他去酒吧唱歌喝酒，由於之前已經拒絕他很多次，原本就有點內疚，加上今日似乎在生意上理出一些頭緒，心情大好，卻同時又有女友提出分手的痛苦，這種悲喜交加的複雜心情，讓夏文的心糾結著，的確很想找個地方大肆宣洩一番。索性就答應了朋友的邀約，對方在電話中開心的語氣，同時感染著夏文。

進了酒吧時，夏文遠遠就看到一群熟悉的面孔坐在他們以前習慣的角落，朋友一邊對著電視螢幕大聲高歌，一邊轉頭熱情地對他揮手，夏文也舉手示意，然後聽見吧檯後面的老闆跟他打招呼，「好久不見啊！」「是啊！」夏文笑著，慢慢走去朋友那區。

才坐下，一位朋友就開口說，「你遲到了，先喝三杯！」

「哪有遲到！就忙啊！」熟悉的感覺全都跑回夏文心頭。

「不管啊，誰叫你這麼久沒出現！一定要罰啦！」對方舉著杯堅持著。

「好啦！喝就是了，這麼囉嗦。」夏文似乎也習慣了。

三杯下肚後，接著又輪流跟現場每個人打招呼，同時又喝了一輪。等喝得差不多時，他們才有心思問起彼此近況。

「最近好嗎？這麼久沒出現。」約他的那位朋友說。

「不好啊。太忙了！」夏文淡淡地說。

「別想太多就好了啊！」對方回。

「不想也不行啊，問題還是都在啊！」夏文無奈地說。

「人生啊！不就是這樣嗎？問題不會消失的，所以要盡量讓自己開心啊！」對方說。

「問題一堆，怎麼開心啊？」夏文苦笑。

「喝酒啊！喝酒最開心了！」對方笑著說。

「酒醒後，還不是又要面對痛苦。」夏文故意說。

「那就再喝啊！反正酒又跑不掉，我們也都在啊！」對方開心地說。

夏文腦中忽然閃過「輪迴」這兩個字，人活著就是在苦海中不斷輪迴嗎？整個人一驚，將眼前的酒一乾而盡。口中滿是苦滋味。

「對嘛！這樣才對！乾杯！」旁邊的朋友起鬨。

「我女朋友跟我分手了！」夏文忽然忍不住說出心裡話。

「就是跟你吵了很多次那個嘛？」其中一位朋友問。

夏文點點頭，又喝了一杯。朋友們又歡呼了一聲。

「也好啦！趁早分一分，這麼會吵，有甚麼好？要是我，早就甩了她。」其中一個說。

「是啊！天涯何處無芳草！幹嘛為了一棵樹，放棄整片森林！」另一個笑著說。

「沒錯，為了你重獲自由，乾杯！」大家再次起鬨。夏文也跟著喝了一杯。

「可是我不想分手。」夏文幽幽地說。

「真搞不懂你，你不是說你們一天到晚吵架，到底有甚麼好？」其中一個問。
「吵架是因為我們在乎對方。我知道她是愛我的。」夏文難過地說。
「愛又怎樣？還不是說分就分，說不愛就可以不愛了啊，都一樣啦。愛與不愛都是假的，都是夢一場！」另一個說，「對喔，幫我點歌，我要唱《夢一場》。」對著老闆大喊。
「都是夢一場？」夏文喃喃自語著，想起老先生。
「是啊！這首歌好久沒唱了！」朋友說，「老闆，我要升兩個key。」又是大喊。
是夢一場？大家都知道是夢，所以才會選擇寧願這樣醉生夢死嗎？單純麻痺人生的方式或者逃避，就是生命的意義嗎？還是像我原本的想法，乾脆死了算了？夏文腦中開始忍不住亂想。可是老先生又說他想的與我不同。還可以有甚麼樣的想法？
甚麼是滅諦？
夏文心中渴望找到解答的欲望不斷升高，剛才喝下去的酒似乎都退了，此刻腦中無比清晰。突然從座位上站了起來。「是夢嗎？是夢嗎？」夏文口中不斷唸著。
「你幹嘛？你也要唱？一起唱吧！」朋友遞給他一支麥克風。
「我突然想到一件事。我先走了。」夏文恍神地往門口走去。
朋友追了上去抓住他，「你幹嘛？還好嗎？」

「沒事。我只是突然想到，忘了做一件事。不好意思，改天再約！」夏文拍拍他朋友的肩膀，匆忙地轉身離開。

坐在計程車上，夏文等不及拿出手機，輸入「滅諦」兩個字，果然又出現一大堆的資訊。夏文從中選了一篇，在黑暗的車內，專心地看了起來。

滅諦就是滅盡煩惱之因與生死之果，也就是了脫生死？究竟涅槃？不受苦報，不受樂報？苦樂同時都不存在？沒有生，也沒有死？夏文眼前閃過這些文字。

所以滅諦不是他以為的死亡或者是結束，而是超越死亡的現象，連死亡都不存在。就像是夢境發生的事，因為不曾存在，所以沒有開始，也沒有結束，沒有各種痛苦或煩惱，當然也沒有世間感官上以為的快樂，一切都只是心念亂起的假象。

沒有生與死？沒有快樂與悲傷？人活著時又該如何？

沒有正常？沒有不正常？同樣的道理嗎？

夏文坐在暗黑的車內，彷彿掉入虛空之中，沒有東南西北，也沒有上下前後。

這究竟是甚麼道理？對我們的人生又有甚麼幫助呢？

計程車很快就將夏文送回到家。夏文打開家門時，客廳內依舊留有一盞小燈，這是他母親的習慣，雖然沒有見到母親，但是看見這盞小燈，夏文就知道有個人還在掛念著他。

夏文看著這盞小燈，忽然思惟繼續連貫下去，難道這也是夢嗎？根本沒有小燈？沒有母親的愛？也沒有母親的不愛？甚至，沒有母親？

思惟苦諦時，老先生要我感謝世間所有的煩惱，然後要我拋開心中所謂正常的概念，不要糾結在別人的期待中，當然也不要困在自己從小到大的觀念中。這些執著一旦拋開，似乎就可以更中立地去看待世間的事。煩惱就不再是煩惱。

原本夏文還以為老先生提供給他一個很棒的哲學思惟，讓他跳出原有的框架，找到不同的角度來面對世上的問題。

但是此刻的滅諦，甚至要挑戰各種存在，也就是連框架都沒有了。因為苦也滅了，樂也滅了，沒有生，沒有死。沒有正常，也沒有不正常了。

既然如此，要如何面對我們的人生呢？人生還有意義嗎？

如果沒有意義，活著時該怎麼辦？盡情享樂就好嗎？但是享樂也沒有了意義啊！因為享樂過程時得到的快樂也是假象啊！在虛無中追求假象的感知，不是很荒謬嗎？如果有一天終會醒來，發現自己以為的快樂都是心的作用而已，都是假象，難道不會更空虛難過嗎？又或者，自己汲汲營營的一生，以為成就了些甚麼，心滿意足，自得其樂，結果根本沒有成就，不會更覺得自己可笑嗎？反之，原以為的痛苦，傷心難過，將自己折磨得半死的眼淚等等，醒來後才發現根本甚麼事也沒發生過，會覺得鬆了一口氣嗎？

如此思惟後的結論，夢裡愈是開心得意，醒來後的感覺會很糟，因為甚麼都沒有得到過或擁有過；反之，夢裡愈是傷心痛苦，醒來後卻反而會如釋重負。

所以活著時（夢裡）的痛苦或煩惱是好的？

「一切煩惱，皆是佛種因。」夏文再次想起這句話。煩惱可以成就大智慧？

所以這一生不管遇到甚麼煩惱，都應該欣然接受？

這樣的思惟正常嗎？樂觀地接受生命中的痛苦嗎？

老先生要我挑戰生命中所謂的正常，就是這個意思嗎？一般人心目中的正常，就是追求快樂的生活，我們反而要去感謝生命中的痛苦與煩惱，放棄追求活著時的快樂感受嗎？這種不正常的觀念，才是醒來之後的正常嗎？

所以悉達多太子放棄了皇族的身分，也是這個原因嗎？他最後悟道，就是覺察到活著時的各種享樂欲望都是虛無的，此生得到愈多，醒來後就會愈失望難過？所以他持戒、忍辱等等，盡量克制各種欲望，都是為了最後醒來，才不會有失落感嗎？

這樣對嗎？這樣的想法真的正常嗎？

夏文覺得自己的思緒再次撞牆，他不知道究竟應該如何去思惟滅諦，愈是將活著時發生的一切事情都當成是夢境，愈會走向一條不正常的思惟邏輯。

他愈想愈害怕，像是在洶湧的大海中漂流，他渴望身邊有浮木可以抓取，才不會被淹沒。或許，他切身的煩惱就是浮木吧！夏文突然這麼一想，也許他應該將自己的煩惱拿出來重新逐一檢視吧！

首先想到的，是他的女朋友。原以為昨天中午已經與她和好，沒想到今天又突然接到她的來電，還提出分手。夏文實在想不透，他覺得已經盡力了，也試著放下心中有關正常感情的執念，也試著站在對方的立場著想了，以為互相體諒了，就可以各自放下心中的執著，結果看來他的女友還是無法妥協，依舊希望夏文能有多些時間陪伴他，也就是說，對他女友而言，陪伴才是感情中的正常因素，她無法推翻心中慣有的正常理念，所以即使夏文放下自己心中的堅持，也沒有任何助益，單方面的覺醒，無法改變彼此的互動。

所以最後要連正常與不正常都要放下？這段感情不管是喜或悲，最後都是一場夢？如果這樣，究竟還有甚麼好憂傷難過的呢？又何必強求呢？是這樣嗎？夏文說不出哪裡怪。

工作呢？今天好不容易推翻了原有對於經營中式餐廳既有的正常想法，以為找出許多「不正常」的創意，好像有助於改善餐廳之後的營收狀況，也因為做了這些計畫，讓夏文心情好了許多，似乎看見生意上的曙光。但是如果根據此刻思惟的滅諦，所謂最終的解脫是無苦無樂，連樂也沒有，那麼他想了半天的計畫，又有甚麼意義呢？就算改善了餐廳的營收又如何？就算以後會獲利賺大錢了，又如何？會不會等到從這個夢境醒來時，才發現結果一場空，反而更加難過？早知道就不要花這麼大的心力去改變了？是這樣嗎？

接受生意不好的現實狀況嗎？就算生意再差，醒來後，就不重要了。是這樣嗎？

接著夏文想到母親，想到兄弟姊妹。夏文因為長期照顧母親，所以感到累了，感到心煩，開始計較公平不公平，也因此開始對他的兄弟姐妹們生氣。一切煩心的緣起都是因為長期照顧母親的這個想法糾結在他的心中，讓他產生忿忿不平的執念，才讓他對家裡的一切都覺得心煩，對母親生氣，對親人不滿，最後對自己生氣，對自己心中竟有不孝的念頭生氣，對為人子女該有的孝道生氣，對挑戰孝道的思惟生氣。夏文知道這一切聽起來很矛盾，因為原本是一個善意的動機，或是一個良善的行為，最後卻因為自己一個無法找到公平點的怨念升起，竟然推翻這一切，放大到生活周遭的一切，因為怨念而否定了所有的一切。

就算他知道不需要被社會上所謂的「正常」孝道束縛，就算他問心無愧，不去管所謂正常或不正常，盡力去做自己想做的事，以為這樣就會快樂，但是，如果套到滅諦的思惟上，就算問心無愧又怎樣，真正的解脫或夢醒之後，這一切都不重要，不管正常與不正常，也不用去在乎他兄弟姊妹的行為了，反正醒來後，就算盡孝，又怎樣呢？還不是一場夢？

朋友之間的友情更不用說了，幹嘛去在乎他們呢？反正醒來後，或許根本沒有這些人的存在啊！現在竟然花心思去為了他們而心煩？不是很可笑嗎？

既然所有煩惱在醒來之後都沒有，這時候又何必花這麼多的心力在上面糾結呢？我的煩惱只是妄念，我的快樂也是。這一切都是心念的妄想，所有的情緒都是妄念！如果只是夢，我還是我嗎？我還需要活著嗎？還是應該早點醒來呢？

繞了一圈，所有思惟過後的答案，還是只有一條路，當初如果沒有遇到老先生，或許在他跳下樓的那一瞬間，他就會從此生的惡夢中醒過來了！

難道，我原本以為的逃避，竟然是最後的答案？夏文這麼一想，竟開始害怕起來。不應該是這樣的，人生不應該如此！他原本的確是想逃避，但是人生不該只有逃避這條路啊！

第4個早晨

「應無所住而生其心」

夏文拿起手機，看了上面顯示的時間，沒想到一夜就這樣過去了。他毫無睡意，索性直接關去手機上的鬧鈴，下床走進浴室淋浴，沖去一身的倦意，也希望可以沖去腦中的胡思亂想。

雖然時間未到，夏文決定先上屋頂，就算去吹吹風也好，此刻頭昏腦脹，不知道是因為前夜喝太多酒的關係，還是因為整夜沒睡，又或者是因為思惟了一整夜。

頂樓平台上果然未見老先生的身影，夏文沒有意外，畢竟是自己太早到了。他走到圍牆邊，看著遠方的山，因為清晨光線依舊昏暗，他只看到遠處模糊的黑色山影，毫無白天時的蒼翠。

難道這一切真的都是一場夢？這座山，根本也不存在？只是我想像的世界嗎？白天美麗的青山與此刻帶著恐怖陰森的黑山，都是我心中的想像而已？

忽然間，夏文低頭望向樓下的路面，心想，原本幾天前，我應該會掉落在那兒，然後從夢中醒過來，發現這一切都是一場夢。

我會開心嗎？就算發現了真相之後？還是會變成另一個驚嚇？甚至是惋惜呢？夏文不再那麼有把握了。

如果此生是夢，我又為何要急忙地從這一生當中提早醒來呢？夏文開始疑惑。

「早啊！今天這麼早啊！」夏文背後傳來熟悉的聲音。

「早安。」夏文緩緩轉身，臉上滿臉問號。

「怎麼了？有氣無力的？沒睡好嗎？」老先生的直覺。順便將早餐遞給夏文。

夏文順手接了，無精打采地說，「整夜沒睡。都在想昨天的回家作業。」

「這麼認真啊！」老先生開玩笑說，「看來你快要悟道了。」

「應該是要瘋了！」夏文失落地說。

「很好啊！這也是過程喔！」老先生更開心。

「這是好事嗎？應該是不正常吧？」夏文擔心地說。

「不正常才好啊！不要忘了之前聊過的，」老先生微笑著說，「這就代表你愈來愈遠離之前根深蒂固的各種執念，開始進入挑戰與反對的狀態，這時候出現這樣的衝擊，反而是正常啊！」

「我想如果我瘋了，你應該會更開心吧！」夏文認真地說。

老先生大笑，「不要在乎世人如何看你，你應該在乎你有沒有找回你最初的樣貌。」

「我最初的樣貌？」夏文皺著眉，「誰會知道是甚麼？」

「悉達多太子啊！還記得你說他悟道成佛了嗎？」老先生說，「所謂悟道，或許也就是找回本初真心喔！不要忘記了，『佛』這個字，也代表一種覺醒的大智慧喔。」

「可是他在悟道前也有經歷過這種錯亂的過程嗎？」夏文本想挑釁，語氣不太好。

「或許也有喔！」老先生語帶神秘地說，「還記得你當時分享有關他的故事時，曾經提過他的生平有些神話傳奇的情節嗎？」

「是啊。」夏文還有印象。

「你的印象中，悉達多太子在悟道過程中有發生甚麼事嗎？」老先生提醒著。

夏文腦中快速搜尋當時的記憶，「我記得好像有魔王出現，甚至有大軍要去打擊他吧？」夏文不確定當時資料上寫了甚麼，因為都被他當成神話故事而忽略了。

「不錯，就是這些啊！」老先生滿意地點頭，「或許這些外在的誘惑以及挑釁等等，都是悉達多太子心中面臨的交戰啊！當我們心中不斷去撞擊原有根深蒂固且愚昧不明的社為觀念與價值，就會不斷出現類似矛盾的衝擊，因為我們的內心正在進行各種對錯觀念的重新整合，就像電腦一樣，如果你將最初0與1的設定抹去之後，我想電腦也會當機吧！」

「是嗎？所以這是正常的？」夏文滿臉疑惑。

「沒有正常與不正常。不要糾結在定義上！」老先生笑著說。

「反正你懂我的意思！」夏文皺著眉說，「可是，佛經中也有提到類似的狀況嗎？」

「當然有啊！有一部很厲害的佛經，裡面就有提到不斷反覆思惟到最後會面臨到的各種狀況，有些人會誤以為是悟道了，其實正在經歷這個過程而已。經中鉅細靡遺將這些誤解描繪出來，還提醒世人要小心這些狀態。」老先生開心地說著。

「是哪一部經啊？」夏文好奇地問。

「你有緣就會看到。」老先生保持神祕。

「沒關係，我自己去找。」夏文不甘示弱。

老先生滿意地點頭，「好，就是要這個決心。」

「既然你不想談佛法，又為何要我思考滅諦？」夏文不爽。

「佛法是一種大智慧，不需要靠文字宣說。更何況，如果我與你談佛法，是否又會掉入你心中既有的想法以及各種排斥感，與其這樣，不如讓你自己內尋，透過思惟，找到每個人心中原初本心的大智慧。」老先生雲淡風輕地帶過。

「我們每個人心中都有？」夏文不敢置信。

「是啊！只是都被從小到大的習慣與各種所謂正常的教育給矇蔽了。」老先生點頭。

「如果每個人都有，為何我會想不通？」夏文不認同。

「就像你說的，哪有那麼容易成佛啊！」老先生大笑，「這也代表，我們根深蒂固的想法有多麼執著了！牢牢包覆著我們的心，讓我們找不到原有的本心！」

「是這樣嗎？所以你才要我抽去我心中所謂正常的各種執著？」夏文似懂非懂。

「正常與不正常，或許都不應該執著。」老先生微笑著。

「這就是問題所在了！」夏文激動地說，「我原以為你要我抽去心中所謂的正常，其實就是提醒我不要以自我為中心，不要固執己見，要為他人著想等等，這些我覺得還滿有道理的，也覺得似乎對我的人生有所助益。但是，你又丟出一個滅諦，讓我思考連「不正常」也都不重要了，人生像是一場夢，這些苦樂都是假象，生死、年輕與衰老、健康與生病等等各種對立狀況，也就是會引起我們各種情緒反應的現象，都不存在！這樣對我們的人生又有甚麼幫助？既然不存在，這一切都沒有意義了！那我們活著幹嘛！當初，你就不該阻止我跳下去啊！」

「能夠從原有人為定義的『正常』中看懂生命真諦的思惟，並跳出這些包袱，自在無憂地生活，是智慧；但是能夠在理解這一切都不會影響你的情緒之後，又能找到生命的意義，就是慈悲！」老先生慈祥地說。

「智慧？慈悲？」夏文不解。「這有關係嗎？」

「你說抽去心中既有的『正常』，對你的人生有所助益。怎麼說呢？」老先生反問。

「所謂的正常，就是社會上普遍對事物的認知，當然也就包含以自我為中心去看待這個世界的方式，說穿了，『正常』的生活只不過是盲從著大家的認知去生活，例如要有錢才會快樂、要有房子才有安全感等等，但是這並非真理，只是大家都這樣想，所以造就我們也養成這樣的思惟，如果可以靜下心來思考，快樂與否其實與金錢多寡根本沒有關係，愈有錢的人可能晚上都睡不好，因為想要更有錢，或者擔心自己的金錢變少等等，畢竟快樂是來自心靈的滿足，而非外在物質的多寡，所以如果能理性去思惟這些普遍認知的價值，而不要去盲從，就能為自己的心找到平靜的感受，不用忙忙碌碌或急迫地想要去追求和大家一樣的生活，卻忽略了如何去追尋更高精神層次或讓自己內心平靜無憂的生活方式。除此之外，期待他人要符合自我心中認知的正常想法，坦白說是滿自大的，畢竟每個人都有不同的做事方式，以及從小到大接收到不同的教育，如果我們只認為自己是對的，就要別人符合我們的做事方式去過生活，愈想就覺得愈無知，很像井底之蛙，只看見自己眼中的世界，跟本不知道這個世界有多大！所以，如果少了這些『正常』的期待，當我們在面對各種事情時，就會變得更加客觀，相對也就會少了許多的情緒，就能更自在地看待一切。而我的煩惱，就在這樣的思惟下，似乎愈來愈少。所以我才說，抽去心中的正常，對我來說是有助益的。」夏文整理這幾天的思惟，做出結論。

「恭喜你，經過思惟辯證，不再盲從社會灌輸的價值與理念，這就是一種智慧。」老先生笑著說，「不過，記得你之前也說過，這樣的思惟雖然可以幫上某些事情，但是也有幫不上忙的地方。」

夏文尷尬地說，「是啦！就算能分辨正常與不正常，還是要生活啊！很多現實的壓力一樣都不會減少啊！」

「所以，如果這一切都是夢，正常與不正常都不重要了，你怎麼想？」老先生追問。

「這就是我傷腦筋的地方啊！」夏文沮喪地說，「我原以為我至少有點改進了，可是當這一切都變成一場夢，我好像根本都不用在乎了，我還需要努力甚麼呢？乾脆死了算了！畢竟醒來後，夢裡發生過的一切，都不重要啦！」

「這裡又出現兩個問題：一、你能確定這一生真的是夢嗎？萬一不是，你急著想醒來，結果卻完全醒不來，怎麼辦？二、就算這一生真是一場夢，你真的認為夢裡發生的一切都不重要嗎？」老先生微笑地問，沒有任何挑釁意味。

「可是，是你要我去研究滅諦啊！你還說這一切都是一場夢啊！」夏文不爽地回。

「滅諦的內涵真的是要你甚麼都不在乎嗎？而且，我說這是一場夢，你就全盤接受嗎？不要忘記，不可以輕易相信任何未經自己思惟辯證過的想法啊！」老先生笑著。

「我當然有自己思惟過！」夏文反駁，「第二個問題的答案我早就想到了。如果真是一場夢，夢裡發生的一切當然不重要！」

「你還記得你說過的那個噩夢嗎？你醒來時，有甚麼感覺？」老先生問。

「一開始很害怕，心跳加速，後來察覺到根本只是一場夢之後，心情就慢慢平復了。」夏文淡淡地說，「還好只是夢，反而有點慶幸。」

「所以夢境與你的認知相反時，你的心情就有不同的起伏？」

「好像有。我昨天也想到這一點，如果夢裡很開心，醒來後或許會有點失落；相反地，如果夢裡很苦，醒來後應該會鬆了一口氣。所以，雖然聽起來有點怪，但是夢境的好壞還是會影響醒來後的心情。」夏文承認。

「如此說來，夢裡發生的事還是很重要啊，因為還是會影響醒來後心情的起伏。但是，如果可以在夢境中，盡量做到沒有心情的起伏，醒來後，是否就不會有影響了？」老先生的問題像是解答。

「夢境中不要有情緒起伏？」夏文想著，「如果能調伏夢裡的心情，應該也不錯。」

老先生微笑地點頭，「所以這一生究竟是不是一場夢呢？」

夏文坦白說，「究竟這一生是不是一場夢，我沒有答案，但是我可以分兩個方向來想，首先，如果真是一場夢，就會走到我剛才的結論，這一切都不重要了，就算努力有所成就也沒有任何意義，就算快樂或傷心難過也沒有意義，反正醒來後都一樣；如果這一生不是一場夢，活著的每一刻都很重要，我的感受都是真實的，我就必須盡力想辦法面對此生發生的一切，因為只有這一生，浪費不得，所以我當然要在乎。」

老先生點點頭，「你的意思是，如果是夢，就可以不在乎，心情就可以不受影響；如果不是夢，就會在乎，心情就會受影響。是這樣嗎？」

「沒錯！這很正常！」夏文才說出口，就後悔了，滿臉尷尬。

老先生看出他的表情，覺得很可愛，樂呵呵的笑，「你現在腦子愈動愈快了！果真是思惟的好處啊！」

「難道我也要推翻我自認正常的思惟嗎？」夏文害羞地說。

「試試！我很期待這面牆該如何衝破。」老先生誠懇地看他。

夏文靜下心，反覆思惟剛才自己說過的話，同時想著老先生的整理，忽然幽幽地說，「如果我不要糾結在是否是夢境這件事上，如果是夢，因為心情不受影響，我也可以努力去做這場夢，相反地，如果不是夢，我在努力面對現實生活的一切時，也可以嚐試讓我的心情不要受到影響。這樣對嗎？不管是不是夢，找出各自的優點，放下任何妄執？」夏文覺得好像又懂了甚麼。

老先生開心地笑了，「我聽到牆倒了的聲音。」

「所以放下正常與不正常的想法，沒有苦與樂、也沒有生與死的執著，當然也不管是不是夢，滅諦的重點是要調伏我們的心，讓我們在面對任何情境時，我們的心都不會跟著起伏，是這個意思嗎？」夏文覺得好像快要抓到甚麼了。

「做得到嗎？」老先生反問。

「做不到。」夏文感嘆地說，「就算理解，做不到也沒用。」

「這麼肯定做不到啊？為甚麼？」老先生不解。

「說很容易啊！但是要做到心情不跟著外務起伏，真的太難了！人活著就是有七情六慾，只要有欲望，就做不到啊！」夏文一臉沮喪。

「這就是重點啊！如果能降低欲望，或許就是一切的根本。」老先生點頭。

「降低欲望？難道要出家嗎？你不會最後還是要跟我談佛法吧？」夏文警覺地說，雖然已經沒有之前那麼排斥了。

老先生再度大笑，「看來你才是想要談佛法的人，才會不斷提醒我。」

「談不談都可以。我已經放下我執了。」夏文憋著嘴笑。

「好啊，有緣再聊吧！」老先生完全沒有想說的意思。「誰說降低欲望就是要出家啊？你以為只要出家就會立刻沒有欲望嗎？出家人還是要不斷靠著平日的練習，才有辦法慢慢降伏心中的各種欲望與偏執啊！」

「不出家怎麼可能會沒有欲望？」夏文不能認同。

「出家的確有好處，因為出家人就要開始持戒，藉由各種規律的生活作息，去調伏心中的欲望。」老先生又說，「但是關鍵不在出家與否，而在持戒二字。」

「持戒？聽起來很難。」夏文說。

「你看，你都沒聽到持甚麼戒，就覺得難。看來每個人心中這些既定的觀念真的很難推翻啊！」老先生笑了。「如果我說，『諸惡莫做，眾善奉行』，你覺得可以做到嗎？」

「聽起來簡單多了！不要做壞事就好了。」夏文點頭。

老先生笑了，「人果然會被文字表面的定義給欺騙啊！如果這兩件事一樣呢？」

「一樣？怎麼可能？」夏文不敢置信。

「不要被心中的偏見蒙蔽了啊！看來你又有新的議題去思考了。」老先生笑著。

「可是『持戒』聽起來就很不自由啊！很多事情不能做！」夏文堅持著。

「甚麼是自由呢？」老先生反問，「你認為被社會強加的觀念綁住，就有自由嗎？遵循社會的期待，甚至是步驟去過生活，讓教育制度去評判你的優缺點？金錢多寡去論斷你的成就？高矮胖瘦去定義你的外型美醜？你確定這些是真正的自由，或者只是另一種的不自由呢？相反地，持戒看似外在生活上的束縛，其實只是與大家所謂的正常生活不同而已，又是另一個看似

『不正常』的行為而已，但是卻能讓我們的心靈獲得真正的自由，這樣的不正常，有甚麼不好？會不會才是真正的『正常』生活呢？也是所有人都應該要追求的呢？」

「自由的正常與不正常？」夏文又陷入苦思，「我們沒有真正的自由嗎？」

「你覺得你有嗎？」

「這太怪了吧，我們是活在一個自由民主的社會啊！哪有不自由？」夏文雖然口中這樣說，卻一點自信也沒有，立刻接著說，「我也被『自由』這個詞彙的定義綁架了嗎？」

老先生臉上盡是笑容，一語不發。

「如果是放在政治的議題上，民主制度相對於集權主義來說，似乎有多一些的自由。但是這樣就是真的自由嗎？大家還是遵守著少數服從多數的制度去選擇以為可以治理國家的政客，最後國家還是交由這些被選出來的少數人身上，由他們決定這個國家的未來而已，看似自由，其實也沒有真正的自由！若是放在人生的議題上，每個人都要經歷老病死，何來自由？我每天的生活，早出晚歸，忙著公事，哪兒都不敢去，這也不是自由啊！面對我的煩惱，我也會不自主的生氣與難過，我也被我的情緒控制著，就算不想生氣也不行，如此說來也不是自由！」夏文從不同面向思惟自由的定義。

「甚麼是自由啊？」夏文已經亂了。「隨心所欲才是自由嗎？不是，不該被心綁住。無欲無求，才有自由嗎？」

「無欲才是根本嗎？」夏文覺得繞了一圈又回到原點。「所以要持戒？降低我們的欲望？真的做得到嗎？可是，人類應該降低欲望嗎？」夏文自問自答。

「你愈來愈上手了！今天的回家功課，應該不會再讓你失眠！」老先生滿意地說。

「正常與不正常的思惟，滅諦的思惟，調伏我的心，以及何謂真正的自由？這些對我的人生真的有幫助嗎？」夏文覺得這幾天發生的事情愈來愈怪了。看著手上的泥土，夏文開始分不清甚麼是真？甚麼是假？

「天亮了，時間差不多了。」老先生像是在下逐客令。

「你做甚麼工作？」夏文發現自己根本不認識這個老先生。

「我是公車司機。」老先生很坦然。

「公車司機？很累吧？」夏文直覺地反應。

「不累！」老先生臉上笑容依舊，「我的工作可以協助人們去到想去的地方，是件非常有意義的工作。」

「明明是勞力活！又累又賺不到錢，有甚麼好？」夏文並非輕視，只是坦白說。

「能付出勞力養活自己，是值得驕傲的事，如果又能因為工作而幫助到他人，更值得開心！至於錢，只要欲望不高，其實很夠用的！」老先生一副自在樣。

「這工作也做不了太久吧！老了怎麼辦？」夏文不認同。

「我也不想一生都花在工作上啊！工作是為了生活，不要讓生活只為了工作喔！」老先生微笑著，「很多人將工作當成是生命的全部，卻忘了究竟為何工作？如果工作不能讓你的身心都愉快，就代表無法提供你一個好的生活，所以這個工作就算可以賺再多的錢，也不能算是好工作。如同我們之前聊的，我們的生命是由每一分每一秒累積起來的，所以每一刻都很重要，而不是未來才重要。就像你之前提到的退休年紀，很多人都認為退休後才該享清福，卻忘了這樣的計畫，等於是犧牲前面六十五年的歲月，只為了後面十幾年的歲月而已。換個角度說，如果一個工作可以同時滿足每天精神與物質狀況，就是好工作。」

「同時滿足精神與物質的工作？」夏文翻著白眼，「怎麼可能！也太天真了。」

「究竟是不可能，還是你心中根深蒂固的催眠讓你沒有能力去思惟如何挑戰這件事呢？太多人將工作就是痛苦的，視為理所當然，然後彼此互相安慰說忍一忍就過去了，甚至以為可以用美食或旅遊等短暫的歡愉去取代，認為只要偶爾可以放鬆一下就很滿足了，不要忘了，我們活著的每一刻都是珍貴的，如果將生命浪費在忍一忍的心情上，甚至是痛苦的感覺上，不覺得很荒謬嗎？更何況，認為工作一定就是辛苦，這樣的想法對嗎？正常嗎？為何不想去推翻呢？

為何不敢去想想是否可以找出另外一條不正常的路呢？」老先生難得地說了一長串的話。

「又回到正常與不正常的思惟了。」夏文故作輕鬆，「不是要將兩者都抽去嗎？」

「不糾結，卻要思考如何做！而非甚麼都不做。」老先生微笑點頭。

「了解。我該去上班了。我一天的痛苦輪迴又開始了。」夏文無奈地說。

「又或者是光明璀璨的一天呢？」老先生笑著回，「一念之間啊！」

第4天回家作業

真正的自由

回到家，夏文同樣看見母親正在念誦著她的早課，專心一意，毫無旁鶩。此時的她快樂嗎？還有煩惱嗎？這個誦經的當下，是否無苦無樂呢？而看著她的我呢？因為心裡覺得她無憂，所以我的心也出現無憂的對應？倘若心裡想著她身體的病痛，我也會變得不快樂？更甚之，如果連結到我對兄弟姊妹們的不悅，又會立刻將我的心打亂。同樣一個動作的母親，我卻可以有數種的心情反應，所以問題不在母親做了甚麼，而在我的內心對應。母親不是造成我煩惱的原因，我的心才是。

這世界發生的一切現象都是這個道理嗎？我的心才是元凶，才是主導我所有情緒起伏的主因。如果我能控制我的心，我就不會有這麼多相對應的情緒出現，我才會得到真正的心靈自由？我才會真正成為自己的主人？而不是讓被外界付諸各種定義的心控制著！

調伏己心？真正的自由？滅諦的意義？持戒與降低欲望？

夏文覺得整顆頭都要爆炸了，腦中似乎無法停止思考，出門時，忘了向母親道別。

到了餐廳，夏文機械性地進行開店前的各項準備，沒有特別煩惱甚麼，也沒有覺得想通甚麼，只是專心地工作，仿佛頭腦下了兩道命令，一邊讓思惟在無意識的狀態下持續進行，雖然沒有任何思緒竄出，卻深切感受到思惟仍在運作；一邊同時完成對身體的所有器官與四肢的託付，讓他們憑著熟悉的記憶去執行習慣的動作。

等到午餐過後，夏文才感覺到逐漸又恢復了意識，仿佛分開動作的思惟重新回到了這個身體。他想起今天早上有另一位同事遲到，很不好意思地對他致歉，他卻沒有太大的反應，只是簡單回應對方下次別再犯就好。也還記得今天中午的生意特別忙碌，他也沒有任何開心或忙碌的煩躁，只是機械性地將這些事情處理完，沒有太多的思緒在這些事務上。

這時可以稍微喘口氣了，才想起他的女友。距離昨天中午接到分手電話後，已經過了一天。仿佛發生了很多事，又像是甚麼事也沒發生過。

夏文不知道是否該打電話給他女友，打電話是為了甚麼？為了挽回她的心？挽回她之後又怎樣，如果他們就是無法改善彼此糾結的問題，兩個人勉強在一起又有甚麼意思？只是為了滿足自己的欲望嗎？難道欲望不會變嗎？這時候覺得擁有才會快樂，但是誰能保證這樣的擁有，以後不會變成是負擔？萬一我的欲望改變了，我的快樂也會改變，此刻的執著又有甚麼意義？所以欲望才是問題的關鍵？老先生說要降低欲望？降低欲望又不需要出家，所以是如何降低欲望？降低我的執著？降低我的強求？是這個意思嗎？但是降低了，我就能快樂嗎？

當然，如果這一切真的是一場夢，她的來去，都只是一個正常的過程，也是醒來後早就注定好的，此刻在夢境中又何需太過在乎？可是，老先生提醒，連在夢中也要努力，不管是不是注定會離開，至少努力過，只要過程不要有糾結，不要有期待，心情也不要隨之起伏，如此夢醒後也就不會有太多的心情起伏，是這樣嗎？

降低欲望、不要有心情起伏？我該不該繼續這段感情呢？還是連「該不該」都不去想？

夏文撥了電話，此刻腦中一片空白。

他女友的聲音從電話那端傳來，似乎有點膽怯的感覺。

「對不起。」夏文忽然有股衝動，「讓你不開心了。當初愛上你，就跟自己說過，要讓你永遠快樂。沒想到，我沒能做到。只要你能開心，我的願望就成真了。這麼一想，不管你是不是和我在一起，就不重要了。你能從此快樂，我也就放心了。」

夏文莫名其妙說了這段話，像是做了一個了結。

電話那端沒有回應，緩緩地傳來一段輕柔的啜泣聲。

這並非夏文期待的結果，但是，或許就是原有的期待，才讓兩人都不開心吧。

「要記得吃飯，想來找我還是歡迎，要開心喔！」夏文異常冷靜，「再見。」掛上電話，夏文不像是訣別的語氣，倒像是誠心期待下次的會面。

不知為何，夏文此刻的心情格外平靜，他想，就算這是一場夢，夢醒後的心情應該也是平靜的。但是，為何會這樣？是因為夏文選擇放下嗎？甚麼叫做放下？是因為降低自己的欲望嗎？還是因為找回愛情的原貌？不是站在自己立場的個人想望，而是希望盡量讓對方快樂的目標嗎？

這些日子兩人關係的變質，都是因為站在自己的立場去思考這段關係，忘了當初愛情萌芽的開始就是希望對方快樂。

找回事情的本質，也算是找回原初的本心嗎？這樣就沒有被我那顆欲望的心所控制了嗎？沒有被世俗定義的愛情或兩人關係給綁住了吧？

我有了真正的自由了嗎？

這是愛情的課題而已，面對人生的其他課題，也可以同樣的思惟嗎？

夏文似懂非懂，開始重新將自己的煩惱拿出來檢視。

首先想到的是工作，或許是因為財務壓力不小，當然還有原本昨日自以為想出改善業績的突破辦法等等，如果再以如此的思惟邏輯去對境下去，又會如何？

昨天有關生意方面的新創意，在開源與節流上，都做了一些挑戰原本心中認為「正常」的堅持，似乎找出一線生機。但是，如果加入「自由」的思考，生意好就會讓我不用再煩惱嗎？就能快樂嗎？這與欲望還是有關吧？萬一生意改善了，我的欲望會不會變得更大？渴望生意可以愈來愈好，獲利可以更多，如此循環下去，我又真的會快樂嗎？我有得到自由嗎？還是會繼續不斷地被我的事業綑綁住，最終還是沒有真正的自由？生意不好會有煩惱，生意好了之後又難以滿足，所以好壞都一樣，都是一種困擾？追根究柢，都與欲望有關？

可是如果都沒有欲望又該如何活下去？難道都不要賺錢嗎？這樣就活不下去啊？不是，似乎也不該如此極端。不是沒有欲望，而是降低欲望才對，甚至應該說是不要被欲望所控制，對嗎？夏文不斷自問自答。生意好的時候要懂得滿足，不要被欲望一直驅使奴役，就可以算是自由了嗎？生意差的時候又怎麼辦？難道也是要懂得知足就好，只要不虧本就好嗎？知足就等於是降低欲望的意思嗎？所以老先生就是要我懂得知足嗎？知足就算是自由嗎？就可以快樂嗎？

但是，知足的定義在哪裡？甚麼樣的狀況才是「足」呢？這又牽涉到欲望的大小了！就像我退休後，希望每個月至少有十萬元的金錢可以用，這樣的欲望算大嗎？如果我有這樣的存款後，我就算知足嗎？或者，這其實也是一種貪心呢？如果我的欲望降低成每個月只要兩萬，就能算是知足嗎？知足的底線在哪裡？

持戒？夏文想到這兩個字。控制欲望的方式，可以從持戒開始。持戒不需要出家？老先生說，持戒等於諸惡莫做？究竟是甚麼意思？我只要懂得如何持戒，就可以控制欲望嗎？就可以明白知足的底線嗎？還是，持戒有更深的涵義嗎？

夏文又上網搜尋了「持戒」兩個字。他發現有部經書叫做《楞嚴經》，其中有句話：「攝心為戒，因戒生定，因定發慧，是則名為三無漏學。」夏文不太懂這些字的意思，直覺認為應該又是佛教內的一些教規吧！後來又想到不應該有先入為主的偏見，只能說自己沒有接觸，所以不懂，也就不該自以為是地去批判其中的意思。夏文知道目前的能力無法多想，端看持戒的部分。所以持戒，就是控制心嗎？夏文心想。又在網路上發現許多資訊中都有提到「五戒」，亦即「不殺生、不偷盜、不邪淫、不妄語、不飲酒」。這五件事，好像也不難啊！夏文原以為持戒很難，甚至包含宗教中許多的繁瑣教條，所以一定要出家才可以做到，沒想到只有這麼幾個字。夏文這時才稍微懂老先生所說，持戒等於「諸惡莫做，眾善奉行」，看起來就是要大家不要做壞事啊！但是這五戒真的像表面上看起來的簡單嗎？夏文再次推翻自己的成見，或許，這些字都還有更深的意涵吧！

首先，不殺生的定義在哪裡？除了不主動去殘害任何生命之外，難道也要吃素才算嗎？

如果不吃素，就算殺生嗎？不吃素，就算造惡嗎？植物不是也有生命嗎？難道吃素不也是殺生嗎？如此一想，甚麼都不能吃，人還能活嗎？夏文卡住了。覺得這樣的胡思亂想一定是哪裡出了問題，甚至誤解了這幾個字的意思。所以再度查詢網路，發現所謂的不殺生，是指不殺「有情」眾生，也就是有感知的動物，如同我們一樣會害怕以及痛苦的生命，如此一想，吃素似乎就能完成不殺生的表面定義。

但是，這幾個字應該有更深層的意涵吧！夏文繼續往下想。不殺生強調的應該是一種慈悲與大愛，一種珍惜所有生命的態度，甚至將萬物視為同等重要的非凡概念，而茹素只是微小的日常提醒而已，更重要的是去理解這些深層的意涵，並由心去影響我們的日常行為。一旦懂了這樣深層的意涵，就會將茹素視為理所當然，因為沒有任何生命的延續應該以犧牲其他生命為方法。因為一旦有了犧牲的概念出現，就等於出現誰比較重要的概念，就會出現以自我為中心的心態，也會衍生各種情緒與競爭的行為出現，甚至是煩惱與惡事。所以不殺生的重點在於慈悲心以及萬物平等的大愛，而非表面的茹素而已。

夏文突然一驚，難道我開這間餐廳販賣肉食也算是殺生造惡嗎？雖然我買的肉都不是我殺的，但是好像是我變相地鼓勵肉販們去殺生一樣，這樣也算在我頭上嗎？就代表我沒有真正了解不殺生的深層意涵，也就是沒有去尊重其他的有情生命，也就是將人類生命的重要性放在其他萬物之上，只要繼續這些事，我的心當然就沒有辦法改變與接受這樣的觀念，我的行為也就無法改變。

難道我要改賣素食？賣素食能賺錢嗎？

老先生不覺得做生意一定要賺錢，夏文想起這件事。

如果不賺錢，做生意的意義又是甚麼？

夏文想到老先生的工作。可以同時滿足精神與物質的工作？物質可以理解，精神方面是指甚麼？是指幫助他人嗎？因為幫助他人，所以快樂？難道每個工作都要以是否有幫助到他人才可以？如果真的有這樣的功用，應該就會比較快樂吧！

但是，即使要賠錢嗎？夏文突然又推翻了自己的想法，誰說素食餐廳就一定會賠錢？萬一素食餐廳也可以賺錢，又能培養自己不殺生的慈悲心，且能照顧到其他人，這樣是不是就符合老先生所認為的好工作呢？同時滿足物質與精神的工作？

如果是這個方向，夏文原本昨日對於生意的計畫就全部都要推翻，雖然覺得麻煩，卻有種想要挑戰的心，忽然覺得工作不再只是為了錢，又多了更多額外的價值與意義，這樣的心念頓時讓自己熱血沸騰。

才想了「不殺生」的一戒而已，就有這麼多不同的思惟與方向出現，夏文忍不住繼續思考其他四戒。

「不偷盜」，表面上的意義很明顯，就是不可以對他人的財物或者是不屬於自己的東西起貪念，看似一種倫理道德的概念，但是更進一步思考，應該是降低自己對物質的欲望，如果可以做到對物質沒有貪求，自然就不會出現偷盜行為。但是要立刻達到沒有物質欲望的狀態，著實太難，所以只好從不偷盜這樣比較容易控制的行為做起，就像是茹素，只要時時刻刻提醒自己還有更深的意涵，就能慢慢去降低自己對於外物的各種貪念，進而滿足自己的現況。接下來的「不邪淫」也是同樣的道理，表面上看似不去貪求性愛上面的慾念，其實更深層的內涵應該是降低人際關係中對於佔有的偏執，了解真正的愛並非貪求外在的身體感受，而是內在的互相關愛，只有放下佔有的概念，不單是人際關係中良善的部分，也才能算是控制自己的欲望，也不讓人際關係都以自我為中心去打轉。

就像他與他女友之間的關係嗎？夏文直接聯想。夏文喜歡她的美與她的良善，不應該以占為己有為出發點，真正發自內心的愛，應該是希望她一直開心下去，保有她的美與善良。如此一想，夏文覺得自己似乎做對了，雖然心中不免覺得傷心。

夏文打起精神，為了轉移自己的傷痛，繼續思考最後兩戒。不妄語，表面上看似不說謊或不亂加批評，夏文覺得既然從口而出，代表心裏就是這樣的想法。所以更深層的意涵，應該是提醒自己要降低心中既有的偏見，當然也不該以自我為中心去思考事情，不斷提醒自己要更加客觀，甚至要更加博學，如此才有智慧去看清事情的真相。最後「不飲酒」這一戒，表面上看似針對飲酒這件事，除了飲酒傷身之外，還會造成失去理智等狀態。所以不飲酒當然有其道理。不過，更深刻的意涵應該包含了控制自己身體的享樂欲望，所以應該泛指所有的口欲，畢竟對於美食佳餚的貪求，也是造成我們內心欲望無限擴大的原因。只有減少這些飲食的貪求，自然也能修練我們的內在欲望。

只要時時刻刻提醒自己這些事情，並且努力奉行，就算是持戒了吧！如此，就可以控制欲望了吧？夏文仔細再將這些話重新思考一遍。五戒，果然都與充滿欲望的心有關，如果控制好我們的心，做到「諸惡莫做，眾善奉行」，就絕對可以控制我們的欲望了。只要控制好我們的欲望，知足的底線就會清楚明瞭了。甚至，不用去在乎這個底線在哪裡，因為心已經自在，不受到任何欲望綑綁，自然就沒有底線的問題了。

降低欲望，調伏內心，就會找到客觀的智慧，就會找到全新的自由？

如果真的奉行持戒，雖然沒有出家，卻也像是出家人了！夏文忽然覺得無趣。沒有欲望，沒有美食佳餚，沒有美人相伴，這樣的生活還有甚麼樂趣啊！

這樣的快樂才是所謂真實的快樂嗎？就算是，我會想要這樣的快樂嗎？

如果這一生真是一場夢，卻是如此平淡無奇的夢，沒有情緒起伏的夢，又怎樣？

夏文覺得這一切似是而非，無法說服他心中既有的邏輯。

雖然看似解除了煩惱，同時卻也沒有了快樂，這樣的人生有何樂趣呢？夏文想起自己原來就想要結束這一生的念頭，原本是想要藉此斷除此生的苦惱，倘若活了下來之後的人生變成無苦也無樂，活著跟死了又有何不同呢？

夏文放棄，覺得好累。想起昨晚一夜未寢，忽然所有倦意湧上，只想早點回家休息。

回到家後，夏文發現母親已經就寢，今天好像都沒有與母親說到話，心裡覺得有點過意不去。這些日子，夏文覺得自己對待母親的態度似乎有了改變，雖然不大，況且自己的生活也沒有多大的改變，每日依舊早出晚歸，但是內在的愧疚感不斷出現，覺得自己應該對母親好一些。

夏文心想，明天一早一定要跟母親說說話。簡單梳洗後，夏文一躺下床，立刻睡著。

隔天鬧鈴響起，夏文機械性地起床盥洗，出房門時看著昏暗的客廳，心裡覺得有點異狀，原來是客廳的大燈還沒有打開，通常夏文要出門的時間，母親都早已起床在神桌前做早課。母親這麼多年來從未斷過這樣的習慣，除非是母親的身體狀況出了問題。夏文心頭一緊，走去母親的房門口，輕輕地敲了幾聲，房內無人回應。夏文只好再多敲幾聲，這次相對用力了一些，不過，房內還是沒有任何聲響。夏文開始緊張，緩緩轉開母親的房門，看見母親安詳地躺在床上，他彎身近看，察覺不到母親的呼吸，害怕地伸手到母親的鼻前試探，果然已經沒了鼻息。夏文嚇得跪了下來，開始激烈搖晃母親，母親一動也不動。夏文哭了出來，不知如何是好。

稍微冷靜之後，夏文趕緊叫了救護車，然後隨便拿取相關的必備品，等待期間，同時傳了簡訊到家人的群組中，簡單說明母親的狀況，並請大家盡快趕到醫院集合。不一會兒，救護車趕到，夏文協助將母親抬上車，跟在車內一同前往醫院。夏文看著帶著氧氣罩的母親，蒼白的臉，卻無病容，彷彿睡著一般。

抵達醫院後，幾位醫師與護士衝了出來將母親推入急診室搶救，一位醫師簡單問了夏文一些狀況後，也轉身進去搶救。

夏文一個人站在急診室外，緊張地全身晃動。沒多久，有一兩位他的姊妹們陸續趕到，同樣緊張地詢問狀況，夏文只能搖搖頭，說醫生還在搶救中……

話還沒說完，一位醫生緩緩走了出來，慢慢地對他們說抱歉，已經盡力了。夏文跟著姊妹們一同衝進去急救房內，再也忍不住放聲哭了出來。

夏文從床上跳了起來，滿臉是淚。房間內一片漆黑。

是夢？真的只是夢嗎？剛才的夢境太過真實，夏文根本不敢確定自己身在何處，又或許此刻才是另一場夢？

夏文坐在床上，無法遏抑住眼淚，甚至故意讓它恣意宣洩。等到心情稍微平復，夏文為求安心，還是決定下床去探查母親的狀況。走到母親的房門口時，剛才夢境內緊張的感覺再次出現，夏文緩緩地舉起手，準備推開母親的房門時，他聽見從房內傳來母親的打呼聲，規律且中氣十足。這時夏文才放下心，確認剛才真的只是一場夢。

回房後，夏文看了一下手機的時間，竟然才凌晨兩點多，距離起床時間還有幾個小時，夏文全身無力躺下，強迫自己盡快入睡。

沒想到又做了幾個噩夢，讓夏文睡得相當不安穩。好不容易手機鬧鈴響了，夏文翻起身關去聲響，有種彷彿解脫般鬆了一口氣。

第5個早晨

「思惟人生真諦」

夏文快速地盥洗，只想早點到頂樓呼吸新鮮的空氣。原以為今天應該還是會比老先生早到，沒想到一到頂樓，就看見一個黑色身影蹲在圍牆邊，夏文心想也好，振作精神朝他走去。沒想到靠近後才發現，原來只是一個盆栽，因為光線太暗的原因，讓夏文誤以為是老先生的身形。夏文笑了出來，覺得自己荒謬的聯想很可笑。

「笑甚麼？」一個聲音從旁邊的盆栽群中傳來。

夏文嚇了一跳轉身，「嚇死人了！」忍不住大喊出聲。

「我以為你看到了。」老先生一臉抱歉。

「我以為，」夏文怕說出自己將盆栽當成是他，聽起來更可笑，索性不說，「光線太暗了。甚麼也看不清楚！真假難辨！」

「就像我們的心，如果是一片昏暗，就無法看清這個世界的真相。」老先生點頭。

「還有真相嗎？如果真的只是一場夢。」夏文幽幽地說。

「怎麼了？被人生如夢的想法困住了？」老先生微笑看著他。

「不是。昨晚又做了一個噩夢，太過真實，我到現在還不太確定那是不是夢。」夏文餘悸猶存。

「所以你覺得此刻或許也是一場夢？」老先生笑著說。

「誰知道！都是你的錯。這幾天一直繞著這樣的話題。」夏文埋怨著。

老先生大笑，「就算是夢也很好啊！」

「一點都不好！」夏文反駁，「如果是惡夢，就很糟啊！」

「美夢、噩夢，都是夢啊！有何分別？」老先生回。

「當然有！除了會影響夢裡的情緒之外，醒來後的情緒也會受影響！」夏文激動地說。彷佛從惡夢醒來時的恐懼感再次出現。

「所以重點不是『夢』的真假或好壞，而是如何去控制我們的情緒！」老先生點頭。

「我懂！」夏文點頭，「你就是要我懂得去控制我的心，不要讓心變成主人，影響我的情緒！對嗎？」夏文語氣充滿不悅。

「我們都在學習如何讓自己成為心的主人。不再受外境的影響。」老先生微笑著。

「說得容易，隨便一個夢都能讓我嚇到半死！」夏文不認同。

「甚麼樣的夢？」老先生好奇地問。

夏文簡單說了昨晚的夢，這次毫無猶豫。其實昨晚嚇醒時，夏文腦中就有閃過要找老先生討論的念頭，畢竟這幾天都在談論人生如夢的話題，讓夏文有點錯亂。

「所以你害怕的原因是甚麼？」老先生聽完後，不解地問。

「當然是我母親過世啊！」夏文覺得這有甚麼好不懂的。

「人生難免一死，你不是早就知道了嗎？」老先生再問。

「即使知道，還是會嚇到啊！真正遇到時，還是會難過啊！」夏文理直氣壯。

「明明早就知道，卻還是會嚇到。代表心中其實應該還是存疑吧！並沒有百分百相信。因為有疑惑，心中甚至存在著某種期待奇蹟發生或者是根本不會發生的成分，才會在事情發生時嚇到。」老先生淡然地說。「或者，換個角度說，也許知道人必有一死，但是忽略了無常這件事。忘了世上很多事，都無法如我們內心所想或期待的方式發生。一旦與我們心中所計畫或期待的不同時，就會出現情緒。那都是因為我們還是以我們自己為中心思考，才會出現驚嚇或傷心難過的情緒。如果能夠將『無常』的概念也放入我們的心中，並且毫無懷疑地接受並相信，就算發生天大的事，也不會覺得奇怪了。」

「就算相信無常，人是有感情的動物，當事情發生，還是會捨不得！因為捨不得，所以會嚇到，會難過！」夏文還是很激動。

「或許人就是太過感情用事吧，而感情或許也是造成我們看不清這個世界的原因之一。」老先生依舊淡然。

「沒有感情，還算是人嗎？」夏文更激動。「人非草木，孰能無情？」

「這也是你心中既有的『正常』想法吧？」老先生微笑地說，「如果換個角度說，人若能控制自己的感情，了解到我們以為的感情是如何操控我們的情緒，而並非是陷入有情或無情的定義中，理解有情與無情的狀態，卻不會被這樣的狀態所綑綁住。或許才會有真正的大愛，並非是世俗定義的無情喔！」

「理解卻不被綑綁住？」夏文想起昨天聊到真正的自由，「心靈的自由？」

「因為心靈不夠自由，所以即便知道是夢，還是會影響情緒。不就是這樣嗎？」老先生笑著繼續說，「只有當我們可以成為心的主人，才能控制我們的情緒，不被心任意左右，所以不管在夢境或是實境，都沒有關係了，都能自在而處。」

「自在而處又怎樣！雖然感受不到苦或煩惱，卻同樣不知道快樂與喜悅，這樣的人生有何意義？」夏文說出昨晚最後撞牆的結論。「這根本就是行屍走肉！沒有情緒，活著還有甚麼意義！」

「怎麼會得到這樣的結論呢？」老先生笑了。

「難道不是嗎？」夏文決定將昨晚的思惟拿出來挑戰，「我昨天查了所謂的持戒，的確與你所說的「諸惡莫做，眾善奉行」很像，看似簡單，卻果然也不簡單。不過，我想了半天，就算沒有出家，真正做到持戒的標準的話，整個生活也會很像是出家了！因為持戒的生活的確可以慢慢降低我們的各種欲望，我也相信應該可以逐漸調伏我們的心，也就是控制我們的欲望，但是，一旦沒有欲望，不在乎或不追求美食佳餚，沒有美人相伴，這樣的生活還有甚麼樂趣啊！如果你所謂真實的快樂是這種沒有欲望的快樂，那我寧可不要！就算這只是一場夢，我也寧願盡情享受夢中所發生的一切，就算是苦是樂都沒有關係，至少真實活過一回，而不是如同行屍走肉一般，對世界萬物都毫無感觸！」

老先生忽然拍起手，開心地看著夏文。

「這有甚麼好拍手？」夏文覺得尷尬，「我是在反駁你啊！」

「不要忘記，沒有對錯，沒有正常與不正常，只有不斷思惟才能找到大智慧。所以你能反駁我，就代表你繼續在進行思惟，而非全盤接受，所以當然值得鼓勵啊！」老先生滿臉慈祥的笑容，「況且你決定好好活一回，而不是以自殺逃避，難道不應該鼓掌嗎？」

夏文一臉尷尬，忘了才幾天前，還吵著要自殺這件事。「如果人生沒有欲望，沒有了樂趣，還不如死了算了！」夏文繼續挑釁。

「只是你這個結論，依舊可以衍生一些思惟問題喔！只要我們不被自己的固執困住，每一面看似牢不可破的牆面，都有可以摧毀的地方。」老先生微笑地搖著頭。

「看來你還不認輸，也想反擊。」夏文信心十足地看著他。

「不要有輸贏的感受，就可以更客觀。」老先生保持微笑，「或許我不是反擊，只是協助你繼續不斷突破思惟，朝真實的大智慧邁進。」

夏文聳聳肩，一副放馬過來的感覺。

「所謂調伏我們的心，或者是控制我們的心，應該不等於沒有欲望吧！同理，知道苦與樂，不代表沒有苦與樂啊！持戒的重點就像是你所說的，是從不同的面相，包含身、語、意三個部分，來逐步降低我們對於這個世界的各種欲望，而不是叫你放棄一切吧！就像『諸惡莫做，眾善奉行』這幾個字，除了不可以做的部分，還是有要去做的部分啊！所以控制欲望，不是叫你不要有欲望，而是站在欲望之外控制它，不被欲望左右，有智慧地在每個狀態中看出善惡之分，不但不造惡，還能積極從善。這才是真正的持戒！積極面對生命，運用智慧與慈悲做到去惡向善。」老先生緩緩地說。

「智慧與慈悲……」夏文像是被當頭棒喝一般，喃喃念著這幾個字。他想起來，昨天在思考五戒時，的確也有想過五戒更深層的意涵，絕對不是字面上的意思而已。「不殺生，代表我們要有慈悲心，甚至要有萬物平等的概念。不飲酒，代表要有理性控制欲望。的確沒有叫我們要放棄欲望……」夏文想了幾秒，「但是，不放棄這一切，真的有辦法嗎？我們不會繼續被欲望控制嗎？」

「持戒是過程，的確靠著慢慢減少欲望是個好方法，才有可能幫助我們有天可以控制欲望。雖然這個過程看似痛苦，但是只要明瞭最終可以獲得重大功效，就會發現這個過程其實很美好，甚至該說很值得。套你們現代年輕人喜歡說的，『CP值很高』。所以能夠由苦見樂，這是一種修為，也是一種智慧；但是，一旦當你可以控制欲望時，這些戒就不重要了，因為屆時所有的行為都會超越在欲望之外，即使美酒佳餚當前，也不會讓這些感受影響內心，甚至到時候，就可以在樂中看見苦，不但不起任何貪嗔癡之心，甚至會思惟到別人此時正在受苦，會出現想要助人的心，此時就達到另一種境界了，變成一種全然慈悲的狀態。」

「樂中見苦？」夏文再次低語，忽然腦中閃過悉達多太子離開皇宮的故事。「為何是慈悲的心態？」

「智慧讓我們能明辨萬事萬物，慈悲讓我們在生命中找到最真實的意義。」

「別再喊口號了！樂中見苦為何是慈悲？」夏文快要受不了。

「別激動。」老先生覺得有趣，「倘若你今天的生活是物質不虞匱乏，茶來伸手飯來張口，但是你明明知道你的房子外面全部都是即將餓死的人，甚至因為各種病痛而難過不已，請問你還會開心地享受自己的生活嗎？」

「我……」夏文猶豫了，「可是我又救不了他們！」

「究竟是不願意，還是沒有能力，這之間差很多。」

「應該是沒有能力吧！」夏文依舊遲疑地說。「就算散盡家產也沒有用啊！」

「只要願意，就有方法。不要小看自己的能力。助人，有很多種方法，不是只有以財物的方式去幫助別人喔。或許你可以開始思惟『布施』的方式了。」老先生微笑。

「布施？又是甚麼啊！聽起來完全就是宗教的詞彙啊！」夏文皺著眉。

「文字果然都是障礙啊！如果我換成『助人』兩個字，你會比較能接受嗎？」

「好吧。」夏文故意說，「可是我為何要幫他們啊！我和他們又沒有任何關係。」

「你確定嗎？」老先生故作神秘狀。

「你說他們是在我家外面，也就是與我毫無相關的人啊！」夏文故意挑釁。

「表面上看似毫無相關。不過，又可以從不同面向去思惟這件事。首先，我們不確定這世界是否有前世今生，萬一真的有，或許這些外面的人，在某一生都曾經與你多少有些關係，甚至都可能是你某一世的家人或親人，如果你知道其中有些是你上輩子的父母或兄弟姊妹，你還會對他們置之不理嗎？這是其中一種思惟方式。除此之外，當我們放下心中的『我』執，也就是不再只看見自己，當然就不再分你、我、他這些定義，人類之間沒有分別，甚至與萬物之間也沒有分別，我就你，你就是我，你也是他，他也是你，如此一想，這些人都是你，你也就是他們，怎麼會沒有關係呢？」老先生緩緩地說。
「這兩種都是一種假設，我不認同就沒有意義了。」夏文反駁。
「如果硬要否認也沒有問題。我們可以再換一種方式說。」老先生滿臉微笑接著說，「就算我們不相信前世今生，也無法做到放下『我執』的念頭，當你看見這些人受苦時，請問你有何感受？」老先生故意歪著頭問。
「可能會有點同情吧，但是就只有一點點。」夏文不想承認。
「很好。就算只有一點點的同情，這個同情就會根留你的心中，這時候，這個念頭就會盤據在你的身體裡，也就是說，你將這些人都掛在心上了，他們自然而然也就成為你內心的一部分了，這時候，你也不再是全然與他們沒有關係了，因為他們的不快樂，正在影響你的快樂，如果你無法得知他們獲得改善，你的內心就無法得到全然的快樂，因為你的快樂中會一直出現她們不快樂的身影，你的快樂變得不夠圓滿，是一種殘缺的快樂！」
「殘缺的快樂？」夏文愣了一下，故意繼續挑釁，「萬一我很無情，完全沒有同情心呢？甚至覺得他們活該呢？這樣我的快樂就不會受到影響了。」
「請問，你覺得他們活該，這個念頭是出自你身體的甚麼地方？」老先生反問。
「出自我的腦子啊！」夏文故意不說「心」。

「很好。所以你的腦子當中就會有一個小小的部分被『活該』這兩個字佔據。也就是說，當你的內心正在以為快樂時，會偶爾竄出的這兩個字，就像你明明想要睡個好覺，卻不斷地被人用手機吵醒，請問這種被打斷的享受，算是圓滿的享受嗎？」老先生問。

夏文無話可說，又想到昨天的結論，故意轉移話題，「可是，就算持戒，就算可以控制了欲望，難道就可以好好享受生命嗎？不會沒有樂趣嗎？」

「或許是更大的樂趣，也是之前未曾知道的樂趣。」老先生神秘的笑容。

「那是甚麼？」夏文好奇地問。

「『諸惡莫做，眾善奉行』或許就可以知道答案。」老先生微笑著說。「看來這可以當作是你今天的回家作業了。」

「這裡面有答案？可以找到更大的樂趣？」夏文不太相信。「可是我女朋友已經離開我了。至少感情方面，我已經失去了樂趣。」夏文有點感傷地說。

「她還是跟你分手了？」老先生驚訝地問。

夏文點頭，「她說，她還是希望另一半可以多些時間陪她。」夏文搖頭，「我也很想啊，可是我的工作已經把我綁死了，根本抽不出時間陪她。只好放她走了。」

「放她走？」老先生覺得這幾個字很有趣。

「是！我站在她的立場想，不再堅持自己的私心去強留住她，我想，愛一個人應該就是希望對方過得快樂吧！」夏文淡淡地說。「我這也算是『諸惡莫做，眾善奉行』的一種吧？」夏文苦笑。

「那你有得到更大的樂趣嗎？」老先生也接續夏文的玩笑話。

「好像也沒有。」夏文苦笑，「不過，有稍微比較釋懷了。其實我目前真的沒有太多時間陪她，硬是將她綁住，卻讓她不開心，還不如放下自己的貪求，對我們雙方都好。她就不會再生氣或難過，我也不會有那麼大的壓力了。」

「能夠站在對方的立場想，的確是不簡單。況且你可以了解愛情的真諦，也算了不起。」老先生語氣中充滿肯定，「不過，」老先生突然語氣一轉，「或許這當中也有可以突破的牆。」

夏文不敢相信，「難道這還可以繼續思惟辯證嗎？」

「你們兩的事情當然只有你們兩個自己最清楚。我只是站在一個旁觀者的角度來看，這其中，好像有些奇怪的邏輯。」老先生緩緩地說。

夏文瞪大雙眼，期待聽到奇蹟。

「首先，她埋怨的部分，是針對你陪她的時間太少，而不是她不愛你，或者是你不愛她，也就是說，在感情的關係當中，你們之間保有最重要的關鍵，那就是彼此都還有愛，只是少了時間。所以應該解決的部分是如何安排時間，讓彼此增加見面與陪伴的機會，而不是切斷這段感情，讓兩個相愛的人各自傷心難過。」老先生理性地分析，「除非我聽錯了，你們已經不愛對方了！」

「沒有。我很愛她。我相信她也愛我。」夏文斬釘截鐵地說。

「既然這樣，就去解決時間的問題，而不是放棄這段感情吧！」老先生更直接。

「可是，我就是被工作纏身，抽不出時間陪她啊！」夏文覺得老先生沒聽懂。

「那就看你們是否真的夠愛彼此啊！」老先生又說。

「當然愛啊，剛才不是說了嗎？」夏文快要翻白眼，覺得好像在原地打轉。

「既然這樣，時間問題就可以迎刃而解了！」老先生笑著說。

「怎麼解？」夏文一頭霧水。

「白天不能陪，晚上總可以陪吧！甚至白天也可以陪！」老先生更開心地說。

「你到底在胡說甚麼？」夏文快要抓狂。

「把她娶回家啊！」老先生簡單地說。「既然兩人確認相愛，為何不選擇直接生活在一起呢？你們只要結婚了，住在一起，不是就多了晚上的時間可以陪伴彼此嗎？甚至，婚後如果她願意，還可以直接去你的餐廳幫忙，如此，你們甚至可以24小時廝守一起。時間多到爆掉！」

夏文愣住了，從來沒想到這一點。「哪有這麼簡單？」

「有時候，最簡單的想法就是最棒的解答。」

「我現在這麼忙，生活都快要過不下去了，哪有錢可以娶她啊！」夏文不得不說。

「又是被社會灌輸的想法限制住了吧！究竟是誰說結婚需要錢啊？只要兩個人相愛，願意廝守到老，就可以結婚了，幹嘛去在乎其他人。」老先生反而很開明地回答。

「這…，」夏文再次結巴，「不可能這麼簡單啦！難道要她跟我吃苦嗎？這樣太自私。」

「苦中見樂！」老先生故意說，「搞不好，她很樂意！只要她願意，就不是吃苦。而且，愛情中，誰說只能有快樂？不要忘了，人生充滿苦與樂，愛情中當然也不例外。重點不是沒有苦，而是如何有智慧地去面對苦。就像你說的，你不要生命中沒有樂趣。所以愛情中的快樂，一樣要有智慧面對，而不是被快樂沖昏頭。」

「要智慧去面對愛情？」夏文想了幾秒，「那慈悲呢？不是說要有智慧與慈悲嗎？」

「你覺得呢？」老先生故意不說。

夏文呆呆地看著老先生，覺得答案好像就要呼之欲出。

「時間差不多了，你該準備去上班了吧！」老先生提醒。

這時夏文才低頭看自己雙手的泥土。不過雖然看似又完成了部分的盆栽，卻也看到身旁還有眾多空的盆栽，像是永遠都做不完。「怎麼還有這麼多？這樣明天也做不完啊！」夏文想到明天就是第六天了，當初老先生跟他約好六個早晨，沒想到一轉眼就要到了。

「別擔心，只要有心，總有一天會完成。」老先生依舊開朗。

「可是，」夏文有點猶豫，「我們只約了六個早晨。」

「對喔！」老先生好像記起，「明天做完，你就可以去做你想做的事情了。」老先生故意看往圍牆的方向。

「是啊，你就不能阻止我了。」夏文用開玩笑的語氣。「不過，看你年紀這麼大了，如果你需要，我還是可以繼續幫你啦。反正，我的事不急。」夏文心裡其實已經沒有輕生的念頭了，也想繼續幫忙，卻不好意思自己開口。

「歡迎啊！反正我每天早上都在這裡，你只要願意，就上來吧！」老先生笑開懷。

「好啊。既然你開口了，那有甚麼問題。」夏文故意說。

「你的心打開了，我開口才有用。」老先生掛著神秘的微笑。

「諸惡莫做，眾善奉行啊！」夏文刻意說，「我想，幫你種樹也算是行善吧！」

「太好了！你找到方法了。」老先生開心地大笑。

「算你教的好。」夏文尷尬地說，「謝謝你。」

「也謝謝你。」老先生點頭致意。

第5天回家作業

更大的樂趣

回到家，看見母親如同往常般在做早課，夏文感到心安。他跟母親輕聲道了一句早安，母親抬起頭微笑回應，口裡仍不斷念誦著經文。

「要記得吃早餐喔。」夏文覺得好像應該對母親說些甚麼，硬擠出這句。

母親笑著點頭，沒有停下口中的念誦。

夏文忽然想起之前每次聽到母親對他作出類似的叮嚀，像是要吃早餐、要多穿件衣服等等，都會讓夏文心中立刻竄出一把無名火，總覺得自己已經不再是小孩了，卻永遠被母親當成是小孩子一樣，這種斷不了的關心就像是無形的壓力，總讓夏文覺得難受。

為何會難受呢？夏文反問自己。明明是母親的好意，為何反映到內心後，卻變成是一種壓力呢？難道母親有錯嗎？為何因此覺得母親厭煩呢？

厭煩起自何處？當然是自己的心。因為心有了別的聯想，才將母親的關心，連結到他處，進而轉變成心中的厭煩，這當然也是意識在作怪，夏文察覺到被這樣無明的心控制住了，自己不自覺變成心的奴隸，被不斷鞭打，產生痛苦的感受。為了奪回自主權，夏文必須重新思惟這個奇怪的意識竄流過程，只有看清楚了，才不會被無明的心控制。既然母親的關心沒有錯，究竟自己將它連結到甚麼樣的念頭，才讓自己產生厭煩的感覺呢？

是羞愧。夏文驚覺。夏文自己因為缺少對母親的關懷，總覺得自己已經很努力了，心裡只剩埋怨，所以當母親還是不厭其煩地對夏文付出關懷，這讓夏文感到愧疚，相形失色，自己如此醜陋不堪，母親卻從未嫌棄，依舊保有不變的愛，這讓夏文潛意識中難以接受，不是無法接受母親的愛，而是無法接受自己如此的可悲，最後變成惱羞成怒，將母親的愛當成負擔，當成是壓力。只有轉為「厭惡」這樣的念頭，才能平衡自己內心的邪惡。當內心是黑暗的，就無法看見世界的明亮。

夏文終於懂了這些日子對於母親的埋怨從何而來。都是自己的愚昧所造成的。如此一想，不禁紅了眼眶。心頭湧出許多的愧疚，想要對母親懺悔。卻怕話一出口，眼淚就會奪眶而出。夏文只好強忍住心中的激動，重新調整呼吸，不讓母親看見自己奇怪的行為。

「今天風大，多穿一點。」夏文簡單說了這句，就轉身回房。

夏文快速地梳洗換裝後，就準備出門上班，母親從早課的誦經過程中抬起頭對他說，「要記得吃飯喔！」夏文點點頭，內心充滿溫暖。

到了餐廳後，夏文難得地先將大家集合起來，忽然覺得這些人明明每天與自己相處的時間最長，卻與他們感覺最陌生，甚至常常一整天也沒有說話，忽然覺得自己對待他們的方式就像對待他母親的態度一樣，都是不聞不問，甚至不管這些人做甚麼事，都只會往壞的地方想，所以同樣常常覺得這些人很煩。或許，夏文心想，就與剛才在家裡的想法一樣，母親沒錯，這些人也沒錯，錯的都是自己心裡無明的串聯，將這些人的各種行為都與自己負面的情緒連結，是自己的心讓自己不快樂，根本與這些人無關。

看著站在他眼前的這些人，臉上盡是惶恐，夏文感到很不好意思，心想這些日子以來，應該也讓他們感受到很大的壓力才是，原來自己的不快樂，也會影響到周遭的人。

「我……，」夏文難得對大家說話，以前都是訓話比較多，一時間有點語塞，「我只是覺得，這陣子辛苦大家了，想對大家說聲謝謝，謝謝你們的努力與付出，我很感謝你們。」

說完後，現場同事全都一臉茫然，互相面面相覷，不知所以。

「下午休息時，想要找大家商量有關我們店未來的經營方向，大家可以現在就開始想想，下午再一起討論。」夏文忽然想到，隨口就說出來。以往店裡的經營，不管大小事，夏文都是想要怎樣就怎樣，從來不曾接受過任何人的意見，這次忽然這樣說，更讓大家覺得奇怪，甚至感到害怕。

「討論甚麼？該不會要把我們開除吧！」有位大姐緊張地問。這句話一出，每個人更加緊張，彷彿變成一道正式的通知。

「當然不是啊！怎麼會有這樣的想法？」夏文哭笑不得。

「因為你一直說生意不好啊！一直在賠錢……」大姐忐忑地回。

「是這樣沒錯，所以才想要找大家討論如何改善我們的業績。」夏文驚覺自己平日究竟對他們造成甚麼樣的壓力。「沒有要開除任何人！」夏文覺得必須先安住人心。

「沒有嗎？嚇死我了。」大姐拍著胸膛，鬆了一口氣。

「很抱歉，嚇到你們了。」夏文打從心底感到不好意思。

「沒關係啦！老闆辛苦了。我們也知道要撐起一間店，的確不簡單啦！辛苦老闆了！」大姐直爽地說。其他人也點頭表示同意。「不過，老闆你決定就好啊，反正我們照做就是了，幹嘛討論？」大姐不解地問。

「因為這次想要有大改變，所以想要聽聽大家的意見，畢竟你們都是這間店最重要的人，沒有你們，這間店也經營不下去。」夏文真心誠意。

「老闆太客氣了，我們只是員工，聽命做事就是啦。」大姐爽朗地說。

「謝謝你們。我知道你們都很支持我。」夏文心念一轉，「大家可以天馬行空亂想，或許之後大家一起當老闆也可以。」夏文被自己說出的話嚇到。

「一起當老闆？」好幾位同事一起喊出聲。

「是啊！大家都可以發揮創意，我們不要被傳統的方式綁住了，大家盡量想，希望今天下午可以聽到每個人不同的創意。」夏文心一橫，乾脆放開，或許真的不需要拘泥於外界所謂的正常。或許放開心的束縛，真的可以看見不同的世界。

現場同事一臉不敢置信，也搞不懂夏文究竟在想甚麼。

「好吧，就先這樣。大家先忙吧！準備開店！下午再好好聊。」夏文宣布解散，自己也認真投入工作。心裡莫名輕鬆了些。

中午一忙，時間很快就過了。雖然忙，卻沒有平日的慌亂，大家今天似乎特別有默契，不但每個人臉上都是笑容，而且都格外客氣，做起事來也充滿幹勁，完全不像是平日死氣沉沉的工作氛圍，倒像是開著同樂會，每個人都盡興地參與其中。客人似乎也有感，不再如同往日安靜地吃飯，竟然還會開心地與員工們聊天，滿屋子充滿笑聲。

夏文開心地看著這微妙的改變，以往就算是硬性要求員工們臉上要有笑容，甚至不斷提醒大家的服務態度要好一點，大家都是敷衍以對，只要忙碌起來，就會恢復本色，滿臉愁容。今天竟然一反常態，完全不需要夏文的提醒。

夏文不經意轉頭看到結帳台後面牆上的鏡子，自己的臉上也是笑容。夏文好像很久沒有看到自己的笑臉，尷尬地對著自己點頭。

下午忙到將近三點，大家才終於忙完。夏文看時間差不多，便請大家集合一處，隨意就坐，還提醒大家不要忘記準備水杯，放輕鬆即可。

「就像今天早上跟大家說的，現在想要找大家討論有關我們店的未來。」夏文有點忐忑地對大家做了開場白，他今天早上也是臨時起意，根本不知道要跟大家說甚麼，更不知道今天開放式的討論之後，會演變成怎樣的後果。「不知道各位有沒有想想看呢？」

大家靦腆地互相對望，沒有人敢開口說話。

「我這樣問吧，大家應該都知道店內業績不好的狀況，也知道我這些日子為了這件事很頭痛，」夏文想要破除此刻尷尬的氣氛，「但是自己想了半天，也想不到有甚麼好辦法可以改變，所以才想請大家想想，或許我們可以一起找到解決的方法。」

大家還是一陣沉默，不知所以地看著夏文。

「我先開頭好了，」夏文清一清喉嚨，「你們覺得在這裡工作開心嗎？」夏文忽然很想知道這個問題的答案，畢竟自己曾經是那麼的不開心。

大家還是互相對望，早上的大姐先開口，「沒有甚麼開不開心啊，就是工作。」

「是工作沒錯，但是，如果大家可以開心工作，是不是更好？」夏文可以理解，他原本也是這樣想，甚至認為工作中的不快樂是正常的。

「當然好啊！只要有賺錢就會開心啊！」大姐老實地說。大家立刻笑成一團。

「我也希望！」夏文也笑了，「我以前也這樣想，只要生意賺錢，就會開心。但是我想要換個角度想，或許賺錢不是最重要的，我們還可以做甚麼事情讓我們開心呢？或者讓來吃飯的客人也一起開心呢？」

「不收錢，客人就會開心啦！」另外一位同事隨口說。

「聽起來好像是。不過，如果食物不好吃，就算我們想要請客，客人吃了應該也不會開心吧！」夏文很開心員工開始出現互動，「所以重點好像不是錢的問題吧。」

「食物好吃、便宜、環境好、服務好，客人就會開心吧！」有一位廚師開口說。

「很好！」夏文開心點頭，「還有嗎？」夏文不想立刻回應，還想鼓勵大家多說。

「他一個人都說完了。」另一位大姐說。大家又笑了。

「聽起來好像說完了，不過讓我問問大家，」夏文微笑著說，「我們食物好吃嗎？」「我們價位合理嗎？」「我們環境不好嗎？」「我們服務不好嗎？」夏文陸續問了這幾個問題。結果大家都不知道該如何反應。

「看來，光是只有這些看似理所當然的幾個方法，我們的餐廳其實都具備了，為何業績還是不好啊？應該還是有甚麼地方做錯了？或者，應該說，我們跟其他餐廳太像了？」夏文再問。彷彿也像是自問自答。

「少了特色！」有位比較年輕的員工立刻接話。

「很好。或許我們就是要勇於不同吧！」夏文點頭微笑，「所以我才想請大家跳出傳統的思惟，我們來做些挑戰！看看大家有沒有新的創意，或許就會不一樣。」

「創意？」剛才的廚師說，「我只是負責燒菜，其他不懂。」

「我只是外場，負責送餐而已，我也不懂甚麼創意。」有位大姐也說。

「這樣吧！我今天早上也說了，或許我們可以一起當老闆。今天如果這間店是你的，你會怎麼做？我們來分組吧，內場你們兩位廚師負責想想如何在食物料理上提供創意，大姐你們兩位想想如何在服務上提供創意，你們兩位年輕人負責想想我們的環境或氛圍可以做甚麼改變，我則負責價位與行銷的思考。」夏文再次突發奇想。所有員工都發出驚訝聲。

「我知道光是這樣還不夠，如果你們不是真的老闆，你可能會覺得這像是開玩笑。我們剛才思考的，是如何讓客人開心。接下來，我們要想想，如何讓我們自己開心。」夏文有點停不下來，他覺得心中有股莫名的騷動正在激勵著他。「我剛才有問你們工作開心嗎？很明顯，你們好像都不開心。所以讓我們來正視這個問題，你們覺得要怎麼做才會開心呢？」

大家的臉上全部都是驚恐的表情。

「我們只是隨口說說。老闆你別介意啦！」有位大姐很害怕地說。擔心老闆生氣了。

「放心。我是真心想要改變。我們每天相處在一起的時間這麼長，也算是家人的關係了！如果我們自家人都不能開心，這樣生活在一起不是很痛苦嗎？」夏文肯定地說。

員工們再次不敢置信地互相對望。

「要如何讓每個人都是老闆，我想，其中一點應該是獲利共享。這部分我回去後會做財務的精算並提出一份新的利潤分享制度，然後向大家報告，也就是，未來這間店只要有賺錢，大家都可以分到錢。」夏文自己先提供一個方向。

「可是，錢都是老闆你投資的。」有位大姐感到不好意思。

「既然要讓大家都當老闆，當然錢就是要大家一起賺！」夏文知道已經無法回頭了，「不過，權利與義務是一起的。所以各位的付出就很重要了，因為這間餐廳不再是我一個人的，每個人都有責任！所以你們要好好想想如何改變這間店，讓這間店愈來愈好。」夏文再次強調。

不過，依舊看到每個人臉上充滿疑惑不解的表情。

「我知道，要做改變是一件困難的事，我自己也都搞不清楚。」夏文坦言，「不過，我最近常常在想，我們的人生不是在未來，而是當下的每一個時刻。所以如何讓活著的每分每秒都可以開心，甚至無愧於心，就變得非常重要。而工作的時間又這麼長，等於佔據了我們生活的一大半，所以當然要好好想想如何在工作上也可以得到快樂。」

「如果只有我快樂，看到你們不快樂，我也不可能真的快樂。所以算是我的私心吧，我覺得只有當你們快樂了，我也才會快樂。」夏文心平氣和地繼續說，「所以，讓大家一起當老闆是第一步，請大家分工合作一起想想辦法，則是執行的過程之一。不過，或許我們要有共同的方向，也就是要有相同的理念，才能夠互相扶持往下走。」

夏文停頓了幾秒，大家專心地看著他，「這個相同的理念就是『諸惡不做，眾善奉行』。就像我剛才說的，如果你們不快樂，我也很難真的快樂。同理，如果我們的客人不快樂，或者，我們所做的事沒有辦法讓他人快樂，我想，我們應該也不會快樂。所以，剛才已經幫大家分組了，請你們在發揮創意的時候，都不可以偏離這八個字，這個共同的理念，就是我們接下來改變的唯一指標。我想，也是我們要得到快樂的唯一方法。」

「『諸惡不做，眾善奉行』？」在場員工每個人都喃喃念著這幾個字。

「就是不做壞事的意思嗎？」有位大姐問。

「除了不做壞事，還要想，我們可以怎樣積極做好事去幫助別人。」夏文微笑地說。

「我們是餐廳，又不是公益團體。」一位年輕的員工說。

「行善不需要透過特定的團體或行為，應該落實在我們每天的生活中。」夏文臉上笑容不減，「就像我說的，只有看到我們周遭的人都快樂，我們才會真的快樂。所以，與其說是幫助別人，其實也是在幫助我們自己。」

「老闆，你信教了喔？」有位大姐皺著眉頭問。

夏文大笑，「沒有啊！難道只有信教才能做善事嗎？」

「不是啦！」那位大姐尷尬地說，「感覺要變得很偉大的樣子，好像很難。」

「你每天帶給客人笑容，讓客人開心，這就是善事啊，一點也不難。」夏文覺得有趣，「這是很好的提醒，大家不要想得太複雜，而是想想如何透過日常的生活點滴，將我們小小的善意，變成小小的善行。這樣就好了。」

「諸惡不做，」有位廚師語氣充滿遲疑，「殺生算不算壞事啊？難道老闆要改成素食餐廳嗎？」

夏文眼睛忽然一亮，「你們覺得呢？」

這位廚師愣了一下，「我原本只是隨便說說，沒想到老闆你真的有在想這件事喔？」

「如果大家都覺得殺生是惡事，那就偏離了我們的指標。或許我們就必須去改變它。」夏文語氣中充滿堅定。

「可是，素食料理會不會讓我們的生意更差啊？」這位廚師繼續追問。

「你們覺得呢？」夏文想聽聽大家的想法。

「好像也不會。」其中一位年輕的員工說，「現在很流行健康料理。如果不要做成傳統的素食自助餐，而是標榜健康的蔬食料理，或許反而順應現代人重視養生的概念。」

「對啊，我之前去吃過一間素食餐廳，還要排隊啊！」另一位廚師說。

「吃素好啊！我初一十五都有吃素。」有位大姐開心回應。

「我也覺得很好。健康的蔬食料理，剛好符合我們的指標。不但不作惡，又是積極向善，還可以幫助大家的健康！一舉數得！」另一位年輕的同事也呼應。

「看來，我們好像愈來愈有共識了！」夏文開心地說。「既然如此，我們就將蔬食料理當成第一個共識，未來整間餐廳的方向都由此延伸。」

「蔬食料理？」原先的廚師皺著眉頭說，「也不是不行啦，可能要研究一下。」

「我們的氛圍與環境也是要去呼應蔬食料理吧？」一位年輕的員工問。

「我們的服務會有差別嗎？蔬食料理的服務是怎樣？」一位大姐皺著眉頭說。

「太好了！」夏文高興地說，「就是這樣！大家心裏記住這八個字，回去思考創意時，時時刻刻拿出來對照，這樣就不會偏離我們共同的想法。我有信心，我們之後一定會做出一間很不一樣的蔬食料理餐廳。」

此刻，每個人忽然都信心滿滿，眼睛都亮了起來。包含夏文自己。他從來沒有想過，原來他的工作竟然可以這麼有趣。這真的是正確的決定嗎？夏文不敢確定，甚至也不知道是否能因此改善餐廳業績。不過奇怪的是，這些問題並沒有特別困擾夏文的心，此刻，夏文反而有種放心的感覺，好像有了這八個字的指引，心中不再會迷失方向。

會後，大家回到自己的工作崗位，雖然一樣忙到很晚，但是每個人臉上都是笑容。

當天回到家時，夏文難得地渾身依舊充滿幹勁。

不過，因為母親也已經就寢，沒有與母親說到話，還是讓夏文感到有些愧疚。夏文簡單地梳洗後，原本會習慣性地呆坐在床上，開著電視機，讓自己的心緒放空。不過今天的他卻不想打開電視機，總覺得自己好像還可以做些事情。

於是夏文拿起手機，查詢了布施兩個字。網路上依舊出現許多的資訊，其中也幾乎都與佛教有關。但是夏文不再有任何偏見，耐心地看了其中幾篇的說明。

原來布施有分財施、法施以及無畏施三種。光是財施這部分，就與夏文原本的概念不同，竟然不是只有外在的金錢物質方面去幫助他人而已，連身體器官的捐贈都算在這部分，讓夏文覺得有種莫名的感動，因為他在多年前就曾經簽下器官捐贈的同意書，沒想到，他當時無心的一個念頭竟然具有某種意義存在。

至於其他兩種布施，雖然資料上多與佛法有關，夏文自己的理解卻想淡化宗教的色彩，他認為這兩種布施剛好是知與行的一體兩面，法施強調的是有關良善知識的分享與宣導，而無畏施則是一種力行的態度，毫無畏懼地去捨身取義的善舉行為。這樣的布施自己做得到嗎？夏文心想，有關善念或善知識的布施，似乎需要有充足的智慧去分辨甚麼才是真正的善念，而非自我心中的偏執，這麼一想之後，似乎也不是太簡單。重點還是要放下自己心中一直自以為是的觀念，難怪老先生一開始就要夏文去挑戰心中所謂的「正常」，要不斷提醒自己不可以站在自己的角度去看世界，否則就有可能出現很多錯誤的見解。我心中的善念或善知識，究竟是「正常」還是「不正常」的？夏文已經不敢確定了。或許還是要重新思惟辯證過才是！夏文這樣想。

但是不管是何種布施，看起來都對自己最有益。夏文心想，就像之前在思考五戒時一樣，他認為除了字面上的意思之外，一定還有更深層的意涵。所以在經過內心思惟辯證之後，他才得出這樣的結論。因為布施不但可以降低自己的貪求，還可以強化與培養內在的慈悲心，等於還是繞著「諸惡不做，眾善奉行」這八個字，針對的是內在的善與惡。

不過，夏文也在網路上看到許多有關布施的好處等等，雖然夏文看完之後覺得還不錯，因為他自己也認為布施對自己絕對有很好的助益，只是又經過細想之後，卻發現一個矛盾的想法，如果布施的過程是為了得到這些好處或福報而做，就代表內心還是有所貪求，如此一來，則與布施本身可以降低內心貪求的作用互相違背，所以這種「有目的性」的布施，對自己根本沒有幫助，所以，夏文就算知道了這些好處，卻不當一回事，他不想將布施複雜化，助人助己，如此而已。

沒有欲望之後，可能有更大的樂趣。夏文想到老先生的話。他記得老先生提醒他，可以從「諸惡不做，眾善奉行」這八個字去思考。難道，當心中的欲望不再是為了自己的快樂，一心都只想到利益他人時，自然而然就可以出現更大的樂趣嗎？知道別人快樂，自己才有完整的快樂？老先生就是要強調這個意思嗎？夏文心想。

他想起今天下午與同事們之間的對話，他自己也說出類似的概念，他甚至用了這八個字作為公司未來經營的指標，當時，他的內心的確因為想到可以幫助自己周遭的人而感到莫名的快樂。這種滿足感，是以往只考慮自己時從未感受到的。

難道這幾個字也可以做為其他煩惱的解答嗎？除了工作上，家庭、感情、朋友們，都可以用這幾個字去思考嗎？夏文想起老先生給他有關女友的建議，真的要結婚嗎？夏文一想到就心跳加速。我應該克服時間上的問題，而不是放棄我們的愛嗎？夏文不解。難道站在對方的立場為她著想也不對嗎？希望她找到有時間可以陪伴她的人，這樣的想法錯了嗎？難道我又掉入我自己心中的偏執，以自己認為的方式去替她想了嗎？就像很多父母都會要求自己的小孩去當醫生或律師等等，也都說是為了小孩好，但是，有誰真的關心過小孩真正的興趣或擅長嗎？會不會變成，愛之，適足以害之嗎？這樣的愛，難道不是以自我為中心的角度去做出的判斷嗎？

我以為我為了她好，卻傷害了她。這樣的愛，對嗎？

我該怎麼做？

夏文心中圍繞著「諸惡不做，眾善奉行」這八個字打轉。會有答案嗎？

夏文想著想著，最後睡著了。

第6個早晨

「如夢幻泡影」

隔天鬧鐘響起時，夏文的身體似乎早就已經準備好，一個轉身將鬧鈴關掉，同時立刻就下床進去浴室盥洗。刷著牙看著鏡中的自己，平靜的一張臉，少了之前的愁眉，夏文想到今天已經是第六個早晨了，也是當初答應幫忙老先生的最後一天，或許應該找個機會謝謝老先生，雖然期間很多時候夏文都以叛逆的態度在挑釁，但是這幾天的談話的確讓夏文重新思考了許多人生的課題，就算沒有讓夏文的煩惱全都消失，不可否認的，老先生算是幫了一個大忙，那就是讓夏文斷了尋短的念頭。光是這件事，夏文就該好好感謝老先生了。

「救人一命，勝造七級浮屠。」夏文腦中閃過這句話。雖然沒有信教的他，但是在日常生活中卻很常聽到這些與佛教相關的俚語，以往都沒有特別的感覺，如今自己算是從鬼門關前走了一回，似乎特別有感。雖然夏文還是不懂甚麼是七級浮屠，但是他的命算是老先生救回的，這個恩德對夏文來說，已經大過一切。

夏文想了一些方法，卻不想太過刻意，畢竟只要想到自己曾經那麼堅決求死並且對老先生的阻攔相當不滿，如今卻反而要感謝他，這當中尷尬的諷刺意味，讓夏文羞愧不已。

走上頂樓平台時，夏文滿心期待，更有些莫名的興奮，他很好奇老先生在聽到夏文的感謝時會有甚麼反應。應該是開心的吧！夏文心想，畢竟他的一個小動作，竟然拯救了自己的一條性命，應該算是超越了眾善奉行的準則了吧！

夏文愈想愈開心，抵達頂樓時並未見到老先生的身影，然而夏文心中的喜悅卻依舊不減，夏文覺得自己此刻的心情已經不再那麼容易受到影響了。

三月清晨的空氣稍有涼意，天色微明，夏文扶著圍牆眺望遠方的山稜線似乎還沉溺在慵懶的昏睡中，模糊的灰暗中，有各種深淺不一的顏色，原來只是光線明暗的關係。眼睛，將這些外物的變化傳進腦中，進而影響心中的判斷而起各種對應的心緒，心，果然很容易受到影響，然後就此綁架了我們的行為。

夏文出神地看著這一片既熟悉又陌生的山景，就在一念之間快速地轉換。

忽然他聽見身後出現了腳步聲，夏文開心地轉過身，假裝不滿地說，「最後一天了，竟然遲到。」

對方停下腳步，臉上充滿疑惑地望著夏文。

「幹嘛？我開玩笑的。」夏文朝他走近，「你放心，我已經沒有那麼愛生氣了。」

「你在跟我說話嗎？」這位老先生依舊滿是困惑的表情。

「不是你是誰？這裡只有我們兩個人！」夏文又靠近一些。

「別動。」老先生害怕地出聲喝止，「你想幹嘛？」

夏文嚇了一跳，「我？你幹嘛？不認識我了？」

「我認識你啊，我知道你住在哪一層。」老先生緊張地說，「可是你要幹嘛？」

「幹嘛？當然是要開始種盆栽了啊！」夏文開始覺得老先生怪怪的，「我們每天早上都在做的事，還需要問嗎？」

「我們？這都是我自己一個人做的。」老先生不悅地說。

「你一個人？」夏文也不爽了，「明明這幾天早上，都是我在幫你做啊！」

這位老先生搖搖頭，「你每天早上都是一個人站在圍牆邊自言自語，不管我怎麼叫你，你都不理。後來我就不理你了。我想，你可能有病吧！所以我都離你遠遠的。」

「我自言自語？」夏文忽然驚覺，難道老先生有老年癡呆症嗎？「這幾天早上，我們兩個一起動手做這些盆栽，還聊了很多事情，你都不記得了嗎？」

「你真的病得不輕啊。你自己一個人站在旁邊自言自語，我根本不敢跟你說話。我還怕你突然衝過來打我，所以偷偷給你錄影。」老先生拿出手機操作了一下後交給夏文。

夏文猶豫了一下，接過手機。低頭看著手機上一段模糊的影片，因為光線昏暗，其實拍得很不清楚，只是依稀看到一個身影獨自站在圍牆邊說話，這個人應該是夏文本人無誤。

「你甚麼時候偷拍的？」夏文還是不解，「我怎麼不知道。」

「就說你都叫不醒啊！我怕你突然對我怎樣，只好偷拍啊。而且還不只一天，你每天都這樣，所以我每天都有拍一小段。」老先生陸續又點出其他的影片。
夏文看著這些模糊的影片，完全不敢置信。
「難道你今天又想了甚麼不同的主題要告訴我嗎？」夏文突然想到，「所以故意裝作不認識我？」
「你是不是真的有病啊？」老先生害怕地看著夏文。
「還是你想反悔了？今天已經是第六天了，原來如此。」夏文覺得搞懂了，「你放心，我已經不會再想不開了。所以你不需要擔心，我不會讓你的房價下跌的！我今天早上才在想，我的確要好好謝謝你這幾天跟我聊了這麼多，我想通了很多事情。」夏文誠懇地看著老先生。
「所以你不需要擔心我們之間的約定，放心吧！我不會做傻事了！」
「我根本沒有跟你說過話啊！你是不是真的不太正常啊！」老先生依舊擔心地說。
夏文笑了，「你看吧！還不承認！就是你要我不正常的啊！我現在終於懂了，原來當個不正常的人，是一件值得開心的事。」
「天啊！真的是遇到瘋子了！」老先生喃喃自語。
「沒關係，就算你要故意裝傻也可以。反正我答應你的事，我就會做到。今天是第六天，還在期限內，我們繼續來種盆栽吧！」夏文覺得自己反將了對方一局。

「你真的沒問題嗎？」老先生還是一臉恐懼。

「放心！你怕我咬你喔！」夏文笑著說，「我還沒到那麼『不正常』！」

老先生滿臉質疑，緩緩地蹲下，開始動手移動盆栽。

「還記得我們第一天見面時聊了甚麼嗎？」夏文故意試探。

老先生搖搖頭，心想，這個人真是病得不輕，還是要小心。

「不記得嗎？沒關係，我來提醒你！那天你阻止我，不讓我往下跳，然後跟我約了六個早上。今天就是最後一個早上了！」夏文雖然嘴上說得輕鬆，心裏依舊懷疑老先生或許真的有老年癡呆症，也許是真的忘了一切，而非故意佯裝，「那天你提到了悉達多太子，還要我多多思惟辯證，不要輕易相信這個世上普遍認為的事實，除非經過自己的思惟。」

老先生淡淡地看著夏文，輕輕地說，「或許你就是想太多了。」老先生心裏想，有些讀書人就是讀太多書，最後就瘋了。

「有道理！」夏文皺著眉頭，「或許我也不該糾結在思惟辯證這件事情上！這應該只是一個尋找智慧或真理的過程，而不是固定的模式。說得好。」夏文點頭認同，陷入思考。

老先生手上雖然沒停，視線卻也不敢離開夏文身上。

「第一天早上，」夏文搞懂了，他猜想老先生今天會以不同的角度協助他回想過去這幾天所說過的話，所以剛好可以為這幾天的思惟做個總結，如此一想，更激發夏文將思緒重新整理一番，「你要我拋棄心中的偏見，然後要我去思惟人生中的各種苦，並且感謝這些苦。那是我第一次從不同的角度去面對我的煩惱。」

「苦就已經夠煩了，還要去想？不要去想苦，就沒有苦了！」老先生不耐煩地說。

「不要去想？」夏文愣了一下，「對，不要執著在苦境上，一切都是自己的妄念。這也是後來我才慢慢想通的，原來苦與樂不是一體的兩面，甚至並非真實的存在，都只是心裡的感受而已。但是這需要練習，所以你才在第二個早上，要我質疑社會上公認的『正常』定義，然後要我放下這些只是順應大眾的『正常』想法，要勇敢去走不同的路，即使被當作『不正常』，也沒有關係。因為不同於常人的『不正常』行為，或許才是最勇敢對自己負責的行為。」夏文很開心自己有勇氣去打破社會價值觀強加的束縛。

「你真的不太正常。」老先生害怕地搖著頭。

夏文開心地笑了，「謝謝你的稱讚啊！我現在終於明白你當初為何會笑了。原來被說不正常，真的是一種讚美啊！代表我勇敢做自己，走屬於自己的道路，不用被別人綁得死死的。這真是一種痛快的感覺啊！」

「做自己也不用這麼開心吧？」老先生覺得他真是病得不輕。

「也是。」夏文稍微冷靜一些，「所以你才在第三個早上立刻澆了我一盆冷水，告訴我人生如夢，不只是一切都是虛幻的，還要我思惟滅諦，連苦與樂、正常或不正常、生死都沒有，彷彿一切成空。一開始我不懂，以為既然都沒有，也就沒有甚麼好計較的。這讓我又搞混了，甚至又變得悲觀，誤解了滅諦的真實意義，其實是一種大智慧的狀態。」

「你還在作夢嗎？」老先生害怕地說。

「不管是不是作夢都沒有關係了。這是你第四天早上教我的，重點是不管遇到甚麼狀況，都不要去影響心情。快樂時不被快樂沖昏頭，悲傷時不被悲傷擊敗，快樂與難過都不該執著，苦中見樂，樂中思苦，正視這些狀態並有智慧面對，而非被情緒牽著走。」夏文微笑地說。

「沒有情緒？還算人嗎？」老先生心想，又不是植物人！

「我知道，我曾經這樣說過。你倒是很會記仇，還裝作不記得。」夏文覺得老先生快要穿幫了。「所以你才在第五個早上提醒了我，就算自己的情緒不再被影響，也不算是真的快樂。因為只有利益他人，自己的快樂才會圓滿。也就是要將『諸惡莫做，眾善奉行』當成是人生指標，才會找到人生最真實的快樂，而不是感官上短暫的快樂。」夏文肯定地說。

「隨便。你快樂就好。」老先生只希望夏文不會突然發瘋。

「我的快樂就是你的快樂。」夏文誠懇地說，「我今天就是要特別來謝謝你的。這些日子，你教了我很多事，也讓我改變了許多。還要感謝你當初阻止我，沒讓我做傻事。」

「是你自己教你自己的。」老先生一副不以為意。「我可是一點關係都沒有。」

「不管是誰教誰的，今天已經是第六個早上了，我剛才將過去這幾個早上的思惟做了總整理，你覺得對嗎？」夏文不死心。

「我哪知道對不對啊！」老先生感到不耐煩，「你說了這麼多，我一句也沒聽懂。我只知道，你甚麼都沒有做。」老先生用手比著四周的盆栽。「你看看你，做了甚麼嗎？說這麼多有甚麼用！還不如多做一些！」

夏文低頭看著自己的雙手，竟然乾淨的一塵不染。「我，我今天甚麼都沒有做嗎？不好意思，我只顧說話。」夏文一臉尷尬。

「算了，反正這本來就是我的工作，你去忙你自己的事吧！」老先生根本不在意。

「可是，我說了要幫你的。」夏文覺得愧疚。「本來以為六天內要將這些盆栽全部完成。沒想到，還剩這麼多啊！」

「光是『想』當然比較簡單啊！真正去『做』了，才會發現困難啊！」老先生搖著頭說，「哪有可能六天就做完？就算做完，後續的養護更重要！如果不照顧，這些盆栽最後還不是會全死光，到時候就白費了這些天的辛勞了！」

夏文彷彿又察覺到甚麼，再次陷入沉思。

「別想了，這個盆栽送你。你想要就帶回去吧，你好好養活它就是了！」老先生揮著手趕他，「你快走吧！我很忙的。」老先生蹲下來繼續工作。

夏文看著手上的一個小盆栽，他想，這應該就是他最後一個作業了。「可是，我不懂怎麼照顧盆栽？」夏文一臉擔憂。

「每種植物都有他的特性，滿足他的需求，不多不少，就可以了！」老先生簡單說。

「滿足他的需求？不多不少？」夏文皺著眉頭，「要怎麼知道？它又不會說！」

「就算它會說，你就能知道它真的需要甚麼嗎？用心才是重點。說甚麼都沒有用！亂想更沒有用！」老先生不耐煩，只想打發他走，不斷揮著手，像趕蒼蠅。

夏文覺得好像快要聽懂了，步履蹣跚地緩慢離開。

第6天回家作業

養活一棵小樹

夏文抬著這個小盆栽回到家，心想這是一個很特別的盆栽，需要小心照顧，所以將它直接放在客廳中最顯眼的角落，除了不容易被忽略之外，正好也為這個家帶來一抹生氣。夏文滿意自己的安排，開心地看著盆栽，傻傻地笑著。

「這是甚麼？」母親從廁所出來後發現，驚訝地問。

「一棵小樹。可以幫助心靈成長的樹。」夏文滿心愉悅地說。

「甚麼樹？怎麼沒聽過？」母親皺著眉問。

「就是……，」夏文不知道該怎麼解釋早上特殊的體驗，只好簡單說，「我們鄰居送的，很特別，要好好照顧。」

「這麼好啊！是誰送的？」母親驚喜地問。

「住在我們這一棟的老先生，他是開公車的。」夏文想起他的職業。

「我們這裡有開公車的人嗎？我怎麼不知道。」母親質疑。

「有啊！他告訴我的。你可能沒遇過他吧？」夏文強調。

「不可能啊！我們這棟樓裡面，我每個人都認識！沒有聽過有開公車的。」母親堅決地說。同時慢慢靠近去欣賞這棵小樹。

「怎麼會？他自己告訴我的啊！」夏文忽然想起剛才發生的事，樓上的老先生一副不認識他的樣子，還說他這幾天都在自言自語，難道他們之前真的沒有說過話？「反正就是樓上在種花的那個老先生。」

「樓上種花？」母親想了一下，「我知道啊，他是住在頂樓的，姓賈。我記得他已經退休了啊！每天下午都會在中庭看到他，也有幫忙整理中庭的花。」

「退休了？奇怪。」夏文開始覺得有異，「算了，不管他。反正就是他送我的。」

「我下午見到他再謝謝他。他人很好，很熱心。」母親稱讚著，「對了，這是甚麼花啊？」母親好奇地看著小樹上開著的花。

「我也不知道。忘了問。」夏文尷尬地說。

「很漂亮啊！看了很舒服。」母親開心地說，「不過，放在這裡好嗎？」

「很好啊！剛好讓客廳都亮了起來。」夏文肯定地說。

「是很好看啦！可是，怕養不活。」母親還是盯著花看，「這裡曬不到太陽。」

「應該沒關係吧？」夏文覺得這個位置最適合，「先放著！」

母親點點頭，沒有多說。「吃早餐了嗎？」母親轉身要坐下時，順口問了。

「還沒。」夏文脫口回了。忽然想到前幾天都是老先生帶早餐給他，今天早上的老先生的確沒有帶給他，難道真的不是同一個人嗎？這讓夏文愈來愈覺得奇怪。「沒關係，等下路上再買就好。」

「要記得吃喔，早餐很重要。」母親再次叮嚀。

「會。別擔心。」夏文輕鬆地回，發現自己竟然不再像以往的不耐煩，會心一笑。也忽然想起前幾天的老先生，同樣提醒過夏文類似的話。「那我先去準備上班了。」

「好。路上小心喔！」母親慈祥地說。「好。」夏文像回到小學時代，無憂地笑著。

抵達餐廳時，夏文發現大家都已經努力地進行各項開店前的準備工作，而且每個人都熱情地向他打招呼，讓夏文再次覺得昨天下午的會議真是一個正確的決定，他似乎有種快要撥雲見日的感覺。

接下來，夏文心想，今天下午休息時，也要作好自己分配到的工作，也就是企劃一份新的利潤分享制度，朝著讓全店員工一起當老闆的方向前進。

早上開店後，夏文忍不住還是打了一通電話給他女友，他覺得老先生提醒的話也有道理，他好像不該用自己的想法去幫女友作決定，表面上說是為了她好，其實卻可能根本不清楚女友想要甚麼。所以萌生新意，或許自己該少說些話，認真傾聽女友的心聲。

「今天忙嗎？」夏文聽到女友接了電話之後，有點尷尬地問。

「還好。」女友淡淡地回。

「下午有空過來嗎？我覺得，我們要不要再聊聊？」夏文雖然也不知道要說甚麼。

「你不是說得很清楚了嗎？你不是同意要分手了嗎？」女友的語氣中聽得出不悅。

「我原以為那是你想要的。以為這樣的決定會讓妳快樂。」夏文語氣和緩地說，「不過，那都是我自己以為的，忘了應該聽聽你想要的。」

「喔。所以呢？」電話那頭的聲音比較柔和了。

「所以，希望我們下午可以見面聊聊。把問題解決了！」夏文語氣輕快地回。

「可以解決嗎？每次都是同樣的問題。」女友懷疑著。

「只要我們彼此相愛，一定可以找到方法。」夏文肯定地說。

「誰要愛你啊！」女友一慣害羞地語氣。

「你啊！而且我也很愛你！」夏文霸氣地回。

「才怪！」電話那頭有偷笑的聲音。

「所以，我們下午見囉？你下班後過來，我們可以一起晚餐。」夏文直接敲定。

「好啦。再見。」女友露出撒嬌的語氣。

夏文掛上電話後，滿心愉悅，真心認為他所有的煩惱都將會逐漸迎刃而解。

午餐的尖峰時間過後，夏文好不容易覺得可以放鬆下來專心思考有關利潤制度的事情，這時候一位年紀較長的廚師突然來找他，說要找他聊聊。這位廚師平日話就不多，這個舉動讓夏文覺得不安。夏文特地找了一個角落的座位請他坐下，主動準備了兩杯茶。

「最近辛苦了。」夏文開口說。

「不苦。」這位廚師說，「做餐飲就是這樣。習慣了。」

「謝謝。很感謝你們一路支持。」夏文點點頭。

「應該的。」廚師低著頭，「老闆，你也知道我不太會說話，我也不怕吃苦，因為已經當了很多年的廚師了，所以早就習慣。也知道開餐廳不簡單，所以也能體諒老闆的壓力。雖然不知道能幫甚麼忙，只能盡力作好我的本分就是。」

「我知道，謝謝你。」夏文充滿感激。

「可是，昨天開完會之後，我回去很認真想了。蔬食料理我實在不擅長，我拿手的菜色大多都是肉類，如果我們餐廳要改為蔬食料理，我恐怕沒有辦法。」廚師坦白說。

「為甚麼沒有辦法？」夏文有點不懂。

「我還要去學新的菜色，而我原本會的菜色都派不上用場，感覺我在這裡就沒有用處了。」廚師說出心中的考量。

「雖然師傅你會的肉食料理真的不少，」夏文點頭，「可是，你做的蔬菜料理也都很棒啊！」

「那些蔬菜料理比較簡單，任何人來做都可以。」廚師有點不屑的語氣。

「我相信憑師傅多年的經驗，一定可以創造出很不一樣的蔬食料理。」夏文搖頭。

「如果我年輕幾十歲，或許還有這樣的衝勁，但是我年紀大了，」師傅也搖頭，「現在還要去改變花樣，恐怕很難了。過去的習慣早就根深蒂固了，沒辦法改變了。」

「不會啦！師傅還不到六十歲吧！還很年輕！」夏文苦笑著。

「不年輕了，都快要退休了。不可能退休前還去學新的料理吧。」師傅繼續搖頭，「這是你們年輕人的天下，你們有想法很好，我很贊成，可是，我年紀大了，改不了，也不想改了。反正日子都是這樣過，習慣就好了。」師傅堅持著。

「活到老，學到老。不用怕啦！這樣生命才會精彩啊！」夏文試圖鼓勵。

師傅還是搖頭，「老了，安安穩穩就好。平安健康就好。」

夏文覺得師傅的話也沒有錯，可是突然想到之前老先生所說的，每個看似『正常』的想法，都可能存在著一面可以被推翻的圍牆。「我以前也是這樣想。」夏文嘆了一口氣，「師傅，我們一起工作這麼多年了，一直沒有時間與你好好聊，忽然覺得很抱歉，感覺我們還是很陌生，請你原諒我這個不稱職的老闆。」夏文突然有感而發。

「不會啦！老闆已經很好了。」師傅被這突然其來的話嚇到。

夏文搖頭苦笑，「我可以問你一個問題嗎？」

「老闆請說。」師傅尷尬著。

「請問你有想過，」夏文老實說，「人為何要工作嗎？」

師傅愣了一下，露出這是甚麼問題的表情，很自然地說，「就賺錢啊！」

夏文點點頭，「為何要賺錢？」

「養家活口啊！」師傅臉上還是疑惑的表情。

夏文還是點頭，「接下來可能有點怪，全家都養活了之後，人活著要幹嘛呢？」

師傅的確覺得這個老闆愈來愈怪，「開心平安健康就好。」

「怎麼樣會開心呢？」夏文繼續追問。

「看到家人都平安健康就會開心啊！」師傅也不想太多。

「沒錯。我們的開心好像都與周遭的人有關。」夏文認同，「你不覺得很奇怪嗎？我們的開心不是因為我們自己平安健康就好，而是希望家人要平安健康。」

師傅點點頭，不知道該不該接話，還是淡淡地說，「這有甚麼好奇怪，家人如果受苦，我們怎麼可能會開心。」

「這就對了。我們的想法完全一樣啊！」夏文開心地笑著，「如果我們周遭的人不開心，我們就不可能會有真正的快樂。所以，師傅，你有想過嗎？如果你可以讓這世界上更多人，因為吃到你的菜而開心，你不是就會更開心嗎？」

師傅愣住了。覺得這話有點怪。幽幽地說，「我沒有這麼偉大的想法啦！」

「難道你不會希望嗎？讓更多人開心？」夏文堅定的眼神。

「我只是廚師，又不是甚麼偉大的人！」師傅尷尬地苦笑。

「廚師很偉大啊！你照顧了每天需要外食的人，如果沒有你，這些人的生活就有困難啊！」夏文誠懇地說，「每個人都可以很偉大，只要對他人有幫助，都是偉大的人！」

「哪有像老闆說得這麼誇張！外面餐廳這麼多，到處都有得吃。」師傅不以為然。

「的確也是。」夏文點頭微笑，「不過，你應該也常聽到，外食族最大的問題就是很少吃到青菜。所以常常會說，外面的食物都不健康。如果我們的餐廳可以改變外食族這個印象，讓大家吃得健康又好吃，我們是不是就幫到這些人了？」

「是沒錯啦！可是完全沒有肉，也不健康啊！」師傅反駁。

「這或許也是很多人的迷思啊。我原本也這樣想，後來去查過資料，很多疾病都與我們平常吃的肉類有關。所以吃肉並沒有大家想得那麼健康啊！」夏文也反駁。

「是喔？這個我不懂啦！」師傅猶豫了一下，「可是，我就只會做肉類的菜啊！」

「我相信師傅的手藝，」夏文再次搖頭，「你這麼多年的經驗，你一定深知料理的各種訣竅，只要讓你稍微研究一下，一定可以將你以前各種擅長的技巧轉化到蔬食料理上，甚至可能做出市場上都沒有的料理，這樣就會變成是我們店的招牌特色，不但不是危機，有可能變成轉機喔！」夏文信心十足。

「可是……」師傅還在猶豫。

「不要擔心。」夏文誠懇地看著他，「我們一起來研究菜單。我來做市場調查提供創意，你來提供技術研發，我們絕對會是最佳拍檔。」

師傅不知所以，「我都這麼老了，還要跟你們年輕人這樣變來變去。」

「你還年輕。」夏文語氣充滿肯定，「不過，就算我們年紀大了，當我們知道還有能力去幫助別人，難道不是很愉快的事嗎？」

「這……」師傅再度無言。

「別想太多了。我們一起來努力！」夏文拍拍師傅的肩膀。

「可以讓我想想嗎？我不敢隨便答應你，萬一我做不到的話。」師傅仍舊遲疑。

「你一定可以的。真的不用擔心。」夏文很肯定地說。「不過，如果你還需要想想，我也尊重。不過請你答應我，如果還有任何問題，請務必要找我討論。好嗎？只要你在這裡工作是開心，那才重要。其他的問題都可以解決。」夏文忽然一驚，「除非你在這裡工作不開心？」

「沒有啦！工作都一樣。」師傅尷尬地說，「沒有不開心！」

「我會慢慢證明，工作不是都一樣。我會讓我們的店，變成一個開心的工作場所！」夏文燃起鬥志。他決心挑戰所有被社會上多數人錯誤認知的「正常」觀念。

與師父聊完之後，餐廳休息的時間也差不多結束了，很快就到了晚餐的時間，夏文也沒有時間去思考有關店內分享制度的企劃案，只好等晚上或明天有空再說了。畢竟距離下次與員工約好開會的時間還有兩天，夏文心想，應該會來得及完成。

正式進入晚餐的忙碌時段之後，夏文也無心多想其他的事情，只能專注在工作上。等看到他的女友出現在餐廳，夏文才想起今天上午約了女友過來餐廳晚餐的事情。夏文臉上出現複雜的表情，一則以喜，一則以憂；喜的部分當然是再見到女友，也代表女友願意給他復合的機會，憂的方面則是夏文根本忘了這件事情，心中完全沒有想過究竟應該對女友說些甚麼。遠遠看著女友的臉，夏文只好強裝冷靜，默默地在心中念著「諸惡莫做、眾善奉行」這八個字。

該怎麼辦？連感情方面也可以運用得上嗎？夏文慌亂地想。

「你來了。」夏文快速地迎向女友，「很高興看到你。」

「我是來吃飯的。吃完就走。」女友假裝不在乎的語氣。

「沒問題。不管吃甚麼，都由老闆請客！」夏文開心地說。

「那我要吃最貴的！」女友嘟著嘴說。

「那有甚麼問題！我的就是你的。你想要甚麼都可以！」夏文霸氣地說。

「花言巧語！」女友淡淡地說，「只會說。不會做。」

「我會做給你看！只要你願意給我機會。」夏文順著接。

「那就看你表現囉！」女友裝出愛理不理的態度。

「請上坐。」夏文招呼著，「我們超級ＶＶＩＰ的位置。」

「還不就只是一個靠窗的位置而已。」女友知道餐廳內根本沒有甚麼貴賓的位置。

「這個位置不一樣。可以隨時清楚地看到帥氣的老闆。」夏文小聲地在她耳邊說。

「臭美。誰要看你。」女友一邊坐下，一邊憋著嘴偷笑。

夏文開心地大笑，「我先去幫你準備晚餐，你坐一會兒，我等下就過來。」說完後，快速地走去廚房。同時心裡一邊思考著究竟等下應該說些甚麼。

沒想到今天晚餐時段的顧客不多，雖然對於生意來說不是個好消息，但是夏文今天卻有鬆了一口氣的感覺，畢竟女友坐在一旁等候，如果不早點去陪她，可能又會讓她不開心。所以今晚不佳的生意反而算是幫了夏文一個忙。夏文覺得這似乎就是他生活上的兩難，生意好就代表沒有時間去經營他的感情，生意差的時候，就算感情方面得意，似乎也開心不起來。這種兩難，讓夏文苦笑，不過事有先後輕重，對於他的感情世界來說，今天晚上算是一個重要的關鍵時刻，如果夏文再不好好把握，很有可能這段感情就真的要結束了。

「晚餐好吃嗎？」夏文陪著笑臉坐到她女友身旁。

「普通。」女友臉上沒有表情。

「怎麼可能？這是我的愛心晚餐，應該超級美味！」夏文希望氣氛可以好點。

「有愛心嗎？沒有感覺。我一個人孤單坐在這裡，覺得很冷。」女友故意酸他。

「抱歉啦！我不是趕快過來陪你了嗎？」夏文尷尬地笑著。

他女友不領情，故意將頭轉向一邊。

「我知道我為了店內生意的問題，常常忙到沒有時間陪你。這是我的錯。我先向你道歉啦！請你原諒我。我雖然不是故意的，但是的確冷落了你。這是我的不對。」夏文忽然站起身，對他女友鞠躬。他女友嚇了一跳，壓著聲音說，「幹嘛啦！趕快坐下！」

夏文鞠躬後，才緩緩坐下。

「這樣很丟臉！你同事會以為我很兇！」他女友小聲地抱怨。

「才不會！」夏文堅決地說，「我每天都對大家說，我女友是全世界最好的女友！又漂亮又溫柔！大家都超級羨慕我！」

「騙人！」女友嘟著嘴，「又是花言巧語！光會嘴上說！」

「我沒有騙你。你真的很好，所以我才會這麼愛你。而且我相信，你也是愛我的。」夏文語氣突然變得非常誠懇，專注地凝視著他的女友。「所以我覺得我們沒有理由分手！」

他女友愣了一下，「可是，我們幾乎沒有時間可以見面，這樣算甚麼感情？」

「我知道。」夏文承認，「但是，所謂的感情，最重要的部分，就是要兩人相愛。其他剩餘的，都只是有待克服的問題而已。我們明明是相愛的兩個人，卻因為一些外在因素讓我們分手，這樣不是很可惜嗎？」夏文慢慢地陳述，「相反的，如果兩人沒有愛，就算有時間、有金錢，或者其他任何東西將兩人綁在一起，也都不算是愛情啊。不是嗎？所以兩人能夠相愛，這是多麼難得的緣分，全天下這麼多人，偏偏讓我們兩人相遇，還能相愛，這才是最重要的！其他的問題，就要看我們倆有沒有智慧去克服了！」

「要怎麼克服？」女友好像認同，態度軟化。「你這麼忙？」

「我想到了，有兩個方法！」夏文忽然靈機一動，臉上帶著神秘的笑容。

「甚麼辦法？」女友露出懷疑的表情。

「第一，我來跟同事們排班，因為剛好我最近要將餐廳作一些調整，我與每個同事約好要讓大家一起當這家店的老闆，既然未來大家都是老闆，我就應該與大家一起排班，所以我一周至少排一天休假陪你到處去玩，另外，每周也至少有一個晚上與你吃飯約會。這是第一種，漸進式的調整法！」夏文突然想到他都願意在工作上做出那麼大的改變了，當然也沒有理由將自己繼續被工作綁死！畢竟工作是為了生活，不可以為了工作放棄生活。

「你的餐廳要做調整？甚麼樣的調整？怎麼沒有聽你說過？」他女友關心地問。

「我之後會詳細告訴你。因為還不是很清楚，所以不敢告訴你。」夏文坦白說。

「生意真的這麼差嗎？」他女友有點擔心。

夏文點點頭，不過卻開朗地說，「別擔心，我會與同事們一起想辦法度過難關！至少，我們全體都有共識，也有共同的方向。」

他女友突然有點愧疚，「對不起，我都不知道店內的情況這麼嚴重，你都不說，害我變成好像是一個不懂事的人，每天只會為了小事跟你吵架。」她的語氣中同樣也是抱怨。

「才不是。」夏文搖頭，「你沒有錯。我的確沒有說給你聽。總以為，男人在工作上不順利，已經很丟臉了，怎麼可以告訴女友。而且也怕你擔心，所以才不告訴你。」

「我又不是無理取鬧的人，如果你告訴我，我才不會這樣不懂事！」女友更生氣。

夏文看到她這樣，內心感到一陣溫暖，「這就是我喜歡你的原因！又美又善良。」

「才怪！你如果真的這樣想，你就會毫不擔心地告訴我實情，而不是讓我亂猜！」女友繼續抱怨，「你心裡就是把我看成是一個不懂事的人，才會甚麼事都不想告訴我！」

「冤枉啊！大人！」夏文故作可憐狀，「我真的不想讓你跟著我煩惱啊！」

「不想讓我煩惱，卻讓我氣得半死，甚至差一點分手，這樣對嗎？」女友依舊生氣。

夏文搖頭，「我就是這麼笨啊！完全是自尋煩惱！」

「沒錯！大笨蛋！」女友生氣地說。

「所以我才需要有你這麼聰明的美女在我身邊提醒我，讓我不會再做出錯誤的決定！」夏文裝出撒嬌的樣子。

「懶得理你！」女友故意將臉轉到另一側。

「別生氣啊！你要不要聽聽第二個方法，這個方法可以一勞永逸，將所有問題解決！」夏文一邊求饒，一邊露出神秘的笑容。

「甚麼方法？」女友語氣淡然。

夏文一開始聽老先生給他這個建議時，內心其實還有很多的掙扎，但是經過剛才這些對話，他忽然發現他的女友其實很懂事，自己更愛她了。所以決定豁出去。

「這個方法就是，」夏文繞到他女友面前，誠懇地盯著她，「妳嫁給我這個窮小子當夏太太。如此一來，問題都沒了！」

女友立刻漲紅了臉，「誰要嫁給你啊！」

「我想了半天，這真的是個好方法，既可以解決我們沒有時間見面的問題，又可以完整我們的愛，還可以幫助我的工作！這是一舉數得！」夏文說得眉飛色舞。

「你想得美！」女友害羞不已。

「怎麼樣？我第二個方法是不是更好？」夏文忽然覺得自己想清楚了。

「才怪！」女友立刻拒絕，「第一個方法就好了！我才不想要天天看到你！」

夏文裝出一副痛苦樣，「我受傷了。我的心，都碎了！」

「活該！誰叫你之前要讓我那麼傷心！」女友得意地說。

「好吧。我的確是活該。」夏文真心懺悔，「我以後不敢了。不會再用自己的想法去胡亂猜測，我一定會努力放下心中的各種偏見，好好回報你的愛！」

「又是花言巧語！」女友一臉不相信的表情。

「你放心，我會證明給你看！」夏文信心十足。

晚上回到家，又已經快要十點，夏文的母親同樣已經就寢，夏文還是沒有機會與母親說說話。這依然讓夏文心中感到有些愧疚。雖然自己最近很努力地想要改善工作與感情的狀況，但是面對自己最親的親人，卻一點都使不上力，或者應該說，反而最不著急。就是這種可以隨時延宕的彈性，讓夏文覺得內疚。明明是最重要的人，卻永遠被我們擺在最後。這就是矛盾與可笑之處。最親的人，往往也是我們最容易忽視的人。

所以，夏文心裡也清楚，雖然最近因為部分想法改變，生活上似乎開始逐漸有些頭緒，也願意去進行改變，不過忙碌的情況似乎也沒有減輕，原本存在的煩惱依舊存在，只是換個方式讓夏文去面對而已。就像今天師傅找他談話這件事，就是改變衍生出的第一個問題，夏文清楚知道，之後一定還會有各式各樣的問題浮現，絕對不可能因為一個轉念，就能從此過著幸福快樂的日子。人生，畢竟不是童話故事。或者，自己真的也無法完全做到毫無渴求，甚至離群索居。只要生活在群聚的社會中，就要面對層出不窮的人際關係與存活下去的問題，包含感情方面的問題。今天晚上雖然看似與他的女友達到不錯的協議，但是未來工作上是否真能如期待中順利進行，然後真的能成全夏文想要兼顧工作與生活品質的想法，這一切都還是未知數。這段感情的成敗，依舊建立在他未來生意轉型的成功與否，看似各有突破，像是各自打開一扇門，卻只有一個逃生口，一旦發生危險，勢必有先後優先逃難的順序，也代表最終還是有可能會有一方遭受犧牲。

樂中見苦？夏文想起老先生的話。這算是一種嗎？明明似乎感受到某種可以預期的喜悅出現，卻同時間又能看見變化中未知的風險。唯有同時不斷降低期待值，才可以同時降低未來的傷害嗎？這就是樂中見苦的涵義嗎？要不斷調伏自己的心，不要被期待值給欺騙了。看清楚無常的真相，才是最正確的體悟嗎？

夏文心裡充滿疑問。就算他的想法沒錯，他生命中還有其他的苦，無法讓他見到樂！前幾天老先生說過的話，果然都不簡單啊！就算自己以為想通了，但是一旦遇到事情，這些想法就會立刻全部拋到腦後，彷彿不存在一樣。從知到行，的確還有一大段距離。

他突然記起老先生給他的那盆小樹，他走出房門，重新打開客廳的大燈，走近欣賞角落的盆栽。夏文認真看了一會兒，忽然覺得怪怪的，好像與早上看到的樣子不同，究竟有何不同，夏文也說不上來，彷彿黯淡了一些，或者應該說，好像比較沒有精神。夏文又想，或許只是光線不同吧，等明天早上再看，應該就不會有這樣的感覺了。夏文不以為意，覺得一定是自己累了，想太多了。

今天早上的老先生就是這樣說夏文的，夏文突然會心一笑，他覺得老先生一定還是在測驗他，並非老先生忘了，也不是夏文的妄想，今天早上的對話，絕對又是老先生別出心裁的設計，也是老先生最後一天的啟發吧！

差點被他騙了！夏文作出這樣的結論之後，放心地入睡。

流通分

「還有忙不完的事情」

早上手機鬧鈴響起時，夏文習慣性地起床盥洗，等刷完牙，才想到從今天起都不用早起，與老先生之約已經結束了。昨夜原本應該重新調整鬧鐘的時間，沒想到一忙就忘了。

不過夏文也記得，最後一天時，老先生曾經說過，歡迎他之後隨時上來，他說他都會在。不對，夏文重新細想，這是第五個早上說的話。第六個早上遇到的老先生已經不是同一個人，至少他完全否認曾經與夏文說過話。昨夜睡前對於老先生做出的肯定結論，似乎在一覺醒來之後，又無法那麼有把握了。

前幾個早晨，難道真的是自己在頂樓自言自語嗎？還是，老先生故意騙他？他們倆究竟是不是同一個人？夏文完全搞不清楚究竟真相是甚麼。如果是自己一個人而已，他又哪來這些奇怪的想法？怎麼可能自己心中會出現這麼多以前從未思考過的訊息？難道都是以往日常生活中不經意看過的資訊，大腦毫無保留地全盤吸收到潛意識之中嗎？有這樣的可能嗎？我們的大腦有這麼厲害嗎？畢竟處在網路資訊過於氾濫的時代，太容易接收到各種資訊，同理也就會非常容易全部遺忘。像是平常走路時吹過臉龐的風，很難留下特殊的印象。必須等待未來某個時刻，某個觸媒，將兩種相似的情況或景象再次連結，就會出現似曾相識之感，但是自己完全不會有任何記憶。

或者，夏文突然閃過一個想法，這些記憶根本不是我此生的記憶，而是來自我的前世，不知從過去多麼久遠以前開始，就一直累積在我的靈魂之中？

　　靈魂？前世今生？這些字讓夏文趕到害怕，因為他根本不相信這些事。

　　為何不信？夏文自問。是否應該重新思惟辯證過，以免又掉入自己先入為主的偏見？夏文不斷推翻自己的思緒，這或許是這幾天帶給夏文最大的禮物。

　　由於前世今生這個課題實在太大，絕非片刻的思惟可以讓夏文理出任何頭緒。夏文只好暫時放下這個課題，重新回到一開始的疑問：萬一不是自己一個人的胡思亂想，而是真有一個老先生，這個老先生究竟是誰？他真的是我昨天早上遇見的人嗎？他真的是故意不承認嗎？但是明明已經退休了，為何要說自己是公車司機呢？難道，公車司機這個工作也有其他暗示的意義嗎？為何又偏偏要在最後一天否認過去這幾天發生過的事呢？只是老年癡呆這麼簡單的道理？還是他的隱藏與否認也是一種暗示？

　　難道又與悉達多太子有關嗎？與佛祖的教化有關嗎？夏文突然想起這個名字。畢竟這幾天，夏文不斷聽到這個名字，仿佛老先生說過的話，多少都與他有關。難道自己真的要從佛經中才可以找到解答嗎？

　　夏文愈來愈困惑，卻仿佛又感覺到，有個依稀的光亮遠遠地出現在他昏昧不明的思緒前方。只要他依循著這個光的方向前進，似乎就可以走出這片暗黑的困境。

一看時間，正好又到了兩人相約的時間，夏文穿上薄外套，決定上頂樓看看，萬一再次遇到老先生，或許就能從中找到一些蛛絲馬跡。

才幾天的時間而已，清晨的天色就已經比前幾天稍微明亮了一些，氣溫似乎也提高了一些，春天似乎擺脫冬日的涼意，正積極地展示屬於自己的季節。

遠方的山稜線更明顯了，原本的一片暗黑色塊，現在已經轉變成各式墨綠漸層與灰黑光影夾雜的群山。山依舊是山，只是以前未曾如此專心注視罷了。夏文突然有種感恩的心情，很高興自己還可以親眼看到這一切，雖然不是甚麼特殊的美景，甚至就算眼前這一切都有可能只是一場夢，夏文也無所謂了，不論是不是夢境，他都希望可以找到智慧去面對未來的一切，盡量不再讓自己的情緒控制住自己的人生。

夏文扶著圍牆探頭往下看，心想，當時真傻，差點變成情緒的受害者。

等了好一陣子，都沒有等到老先生出現。夏文看著一地尚未完成的盆栽，心想，既然當初答應了老先生，就算老先生沒有出現，自己也可以繼續完成他們。

夏文蹲下身，開始動起手，這是夏文第一次察覺到自己真的有在動手執行這些移植盆栽的過程，並非像之前總是毫無感覺。夏文一驚，心想，難道前面這幾天真的根本沒有動手做過任何盆栽，就像最後一天的老先生所說，過去的每個早上，夏文只是一個人站在牆角邊自言自語嗎？

算了，這也不重要了。夏文苦笑著。老先生不是說我想太多了嗎？夏文決定不再亂想，專心動手移植盆栽。

忙了一陣子，夏文早已全身是汗。夏文得意地看著自己完成的部分，比之前多了許多，果然心無旁騖，就能成就更多。夏文心滿意足，根本也不在乎老先生是否有出現，只是突然想起家裡客廳的小盆栽，昨晚發現好像有些異樣，應該回去仔細看看。夏文將現場簡單地整理了一下，看著還有不少尚未完成的空盆，決定明天早上再繼續。忽然覺得能夠每天早上都有這麼一段與自己相處的時間，毫無雜念地享受著生命，似乎也是一種難得的幸福。這個念頭才起，夏文立刻就下定決心讓自己養成這樣的習慣，不管未來多忙多累，都要在每天的一早，留給自己這個獨處的時間，讓自己拋開雜念，找尋最初的本心。

回到家裡，母親如常地坐在神桌前念誦著早課，夏文繞道客廳角落，仔細地研究著盆栽。即使在白天的光線下，這棵小樹也沒有昨日的神采了。夏文還是出現這樣感覺。

究竟哪裡出錯了？夏文實在不明白。

夏文專心地想著，忽然聽到母親口中喃喃地念誦著的經文，「……，心無罣礙，無罣礙故，無有恐怖，遠離顛倒夢想，究竟涅槃……」

夏文不自覺地聽著母親將經文念完。

「這是甚麼？」夏文有點恍神地問。

「《心經》啊。」母親微笑著說，「我每天早上都會念這個心經。」母親將手上的經書遞給夏文，書的封面寫著：《般若波羅蜜多心經》。

夏文接過經書，出神的翻閱著。

「這棵樹好像不可以放在這裡。」母親知道夏文剛才在看盆栽，淡淡地說。

「為甚麼？」夏文直覺反應。

「你看它好像沒有昨天剛拿來時那麼好看了。」母親緩緩地說，「這種樹也許不能放在家裡吧？」

「怎麼可能？」夏文才一回嘴，就想到老先生的交代，「給他需要的，不多不少。」難道自己又掉入自以為是的想法，將自己認定的想法強加在這棵小樹上了？究竟這棵小樹需要甚麼呢？夏文應該要多花時間去了解它才對。夏文想到應該查查網路上教人種植盆栽的方法，立刻拿出手機，看著桌面上的搜尋引擎，卻不知道要輸入甚麼關鍵字。

我連這是甚麼植物都不知道！夏文在心中大喊，羞愧不已。就是這樣的態度，怎麼可能將這棵小樹照顧好呢？夏文完全被心中的我執給誤導了。果然還是太過自以為是了！

每個看似正常的想法之下，或許都有個不正常的念頭，才應該去挖掘。

夏文就算知道了，還是難以改變，果然需要多加練習，才有可能變成習慣。

夏文將經書還給母親，說自己會去查看有關種植這棵小樹的方法，不過還是要趕著去上班，只能先回房換衣服。

出門前，夏文看著母親正在準備早餐，微駝的背讓母親看起來似乎縮小了許多。「早餐要多吃一點喔！」夏文以有點玩笑的語氣對母親說。

「我每天都吃很多。」母親開心地說，「你才不要忘記！」

「我也吃很多喔，放心。」夏文也開心地笑著。

關上門後，夏文知道等下去到店內，還有很多事情要做，也還有新的計劃要想，當然也要打電話關心他的女友。如果有空，還要查詢一下這棵小樹的名稱，以及甚麼是《心經》等等。

看來還有忙不完的事情在等著夏文逐一去解決。

夏文微笑著，安心地邁出步伐。

語言文學類　PG2053　SHOW小說44

頂樓天台的6堂人生早課

作　　者／曹　文
責任編輯／徐佑驊
圖文排版／林宛榆
封面設計／楊廣榕

發 行 人／宋政坤
法律顧問／毛國樑　律師
出版發行／秀威資訊科技股份有限公司
114台北市內湖區瑞光路76巷65號1樓
電話：+886-2-2796-3638　傳真：+886-2-2796-1377
http://www.showwe.com.tw
劃撥帳號／19563868　戶名：秀威資訊科技股份有限公司
讀者服務信箱：service@showwe.com.tw
展售門市／國家書店（松江門市）
104台北市中山區松江路209號1樓
電話：+886-2-2518-0207　傳真：+886-2-2518-0778
網路訂購／秀威網路書店：https://store.showwe.tw
國家網路書店：https://www.govbooks.com.tw

2019年4月　BOD一版
定價：260元

國家圖書館出版品預行編目

頂樓天台的6堂人生早課 / 曹文作. -- 一版. --
臺北市 : 秀威資訊科技, 2019.04
面； 公分. -- (語言文學類 ;
PG2053)(SHOW小說 ; 44)
BOD版
ISBN 978-986-326-673-0(平裝)

857.7 108003356

讀者回函卡

感謝您購買本書，為提升服務品質，請填妥以下資料，將讀者回函卡直接寄回或傳真本公司，收到您的寶貴意見後，我們會收藏記錄及檢討，謝謝！
如您需要了解本公司最新出版書目、購書優惠或企劃活動，歡迎您上網查詢或下載相關資料：http:// www.showwe.com.tw

您購買的書名：________________________________

出生日期：________年________月________日

學歷：□高中（含）以下　□大專　□研究所（含）以上

職業：□製造業　□金融業　□資訊業　□軍警　□傳播業　□自由業
　　　□服務業　□公務員　□教職　□學生　□家管　□其它_____

購書地點：□網路書店　□實體書店　□書展　□郵購　□贈閱　□其他

您從何得知本書的消息？

□網路書店　□實體書店　□網路搜尋　□電子報　□書訊　□雜誌
□傳播媒體　□親友推薦　□網站推薦　□部落格　□其他__________

您對本書的評價：（請填代號　1.非常滿意　2.滿意　3.尚可　4.再改進）

封面設計____　版面編排____　內容____　文／譯筆____　價格____

讀完書後您覺得：

□很有收穫　□有收穫　□收穫不多　□沒收穫

對我們的建議：________________________________

____

____

____

請貼
郵票

11466
台北市內湖區瑞光路 76 巷 65 號 1 樓
秀威資訊科技股份有限公司 收
BOD 數位出版事業部

（請沿線對折寄回，謝謝！）

姓　　名：＿＿＿＿＿＿＿＿　年齡：＿＿＿＿　性別：□女　□男

郵遞區號：□□□□□

地　　址：＿＿＿＿＿＿＿＿＿＿＿＿＿＿＿＿

聯絡電話：(日)＿＿＿＿＿＿＿＿　(夜)＿＿＿＿＿＿＿＿

E-mail：＿＿＿＿＿＿＿＿＿＿＿＿＿＿＿＿